打牌

小饭 著

上海文艺出版社

目录

001　　序言　（那多 作）
001　　引子
003　　第一章　PREFLOP·翻牌前
079　　第二章　FLOP·翻牌后
139　　第三章　TURN·转牌
199　　第四章　RIVER·河牌
265　　第五章　SHOW CARD·摊牌
299　　后记：写出那些有折痕的命运

序言

那 多

对我来说，小饭身上的第一张标签是作家还是牌手，是要费一番斟酌的。我和小饭成为牌搭子，已经二十年了。我们打得最多的牌类是上海"斗地主"，四人成局，一家打三家，小饭最喜欢成为那个独斗三家的"地主"。那会儿，找一个茶馆坐下来，往往能同开两局，都是油津津的年轻面孔。二十年过去，牌友轮替萎缩，留存到今天的也就剩我和小饭两个，已经不成局了。小饭近年投身新品类——"德州"扑克，我未参与，听说他成绩颇佳。

"斗地主"和"德州"都要通计算和人性，小饭精于此道。犯罪小说讲究逻辑和人性，当我知道小饭打算涉足于此，就明白他一定会在这张桌上赢得筹码。

《打牌》这个故事，我是看着它长大的。两年前有一个下午，小饭告诉我，他搬到了我家附近，问我在干嘛，我说我在附近咖啡馆写东西。那是一间很小的咖啡馆，装修简单，咖啡好喝。咖啡馆面街一块大玻璃，贴放着一条高桌，三四张高脚凳，我总坐在其中一张凳上，看一会儿路人，写一段杀人。那天下午小饭也坐进了这个"橱窗"，和我说他激动人心的构思，此后每个下午，他都加入这张高桌，同我一起望窗外野眼，偷听店里客人聊天，往电脑屏幕里打字。他的创作力惊人，每天都有新的点子、新的人物关系，又不停地推翻、重构。他以我的五倍速写作，多年诡谲牌场显然给了他滋养，一个事关打牌的黑暗漩涡日夜膨胀起来。

二十年前小饭就痴迷于故事，我还记得他为了听故事跑了很多城市，约那些愿意讲述自己人生的读者见面。但那一阶段他的创作重心却不是故事，他以鼓点般的文字构建出凶猛人物和动荡青春，并赢得声誉。我用跌宕的情节来对读者形成冲击，但小饭早已用另一些武器做到这点。今天他又把跌宕的情节加入了武器库，对我而言，竟有些

"出尔反尔"的错愕——明明这个人在另一条赛道，怎么忽然卷着赛道一起冲进我这儿来了？小饭式的悬疑犯罪小说是非套路的，不仅突破常规犯罪小说的固定模式，还有很多情节单听构思未必出奇，但成文后阅读起来别有力量，这就是两条赛道——严肃和通俗的叠加效果。我也因此受了很多冲击，得了许多启发。

小饭这本书的创作方式也和我以及我所知的所有悬疑作家不同。我们这些人都会先有一个纸面或者脑内的大纲，然后再开始创作，如无意外不会大改。而小饭这本《打牌》是在不停变化的，大构思我就听了四五版，这个星期写的章节到了下个星期未必还会存在。我羡慕这种灵感迸发的创作状态，以至于后来拒绝看他的未完成稿，因为我看的很可能是废稿，所有的赞赏或者建议都是无用功。我们有一个江浙沪推理悬疑作家的暗黑聚会，群友会把自己的新书呈上供大家批判，《打牌》出现在暗黑会上时，我完整地读了一遍，果然已经和咖啡馆那会儿大不相同了。会后，小饭收集了大家的意见，兴致勃勃地宣布要大改，于是在我收到作序邀请的这会儿，他发给我的文稿又一次变身了。如此心绪浮动无常，是倾注了何等的热情啊，这是他和犯罪小说的初恋呀！我这篇小序无一字涉及具体人物具体情节：一来此类小说要保留悬念为妥；二来我也实在不确定,等故事印成铅字,是否又会和我看的不同?

本土悬疑小说本是个小池塘,近年来得赖于许多新健将加入,已溢涨成湖。现在小饭这条鲶鱼冲进来,江湖要不平静了。

2023 年 12 月 11 日

引子

"小河,那里面真不是人待的。一共就二十平方,最多的时候住了二十七个人。横七竖八,到了晚上全打呼,就像十几列被截断的火车。味道就更别提了,汗臭都算香的。能洗澡啊,但只有冷水。你能洗多干净?还有人催着你。不是催,其实就是看着你。我倒也没啥不好意思的。进来的人,有六十多岁的,也有十七八的。一多半是嫖娼,一小半是打架斗殴,还有就是我这种倒霉蛋。我不就打个牌吗?你说社会上打牌的人多不多,你说多不多?抓得完吗?被抓的算不算倒霉,你说说?其实不能完全算倒霉。如果你不赌博，你就不会被抓。这一点我也是知道了，晚了。我这辈子都不会再打牌了。想到我的屁股我就不能打牌了。我的屁股坐在那个石板上，第一天就开始连着骨头都疼。第三天反而不疼了，只是硌得慌，麻木了，你懂不懂？心理上也是这样，大概过了一个礼拜，我就算'适应'了——熬下去，再熬一个礼拜，我就能出去。出去就行，我再也不想进来。就这么想的。吃得好不好？你说呢？我两个礼拜没吃米饭了。你这一桌子菜帮我点的，你真是我好兄弟。"

小河看着老张，他马上就要开始狼吞虎咽，接下去的一切更像是一种表演。老张先是把嘴巴塞满，腮帮子很快鼓起来，那些食物就像一条虫一样，钻进老张的喉咙，再把肚皮撑大。一刹那老张就把自己吃撑，变成一个气球。

"我是强忍着，咽了一大口口水。这梦做得，我应该完全是被饿醒的。"

"我现在就起床给你做饭去。"阿珍听完小河的梦，呵呵一笑。

小河翻了个身，又咕哝了一句，"老张又不打牌，我怎么就梦见他打牌被抓进拘留所了呢？真是莫名其妙。莫名其妙！"

第一章

PREFLOP·翻牌前

1

国际扑克易学难精、多变复杂，被称为有思想的人的游戏。它在全球吸引了数量庞大的忠实玩家，更是受到了我国棋牌爱好者的喜爱和追捧。据不完全统计，目前在中国开设的棋牌类赛事的智力竞技中心数量已达到数百家，用户和玩家数千万人，其中不乏投资圈、金融圈、创业圈、娱乐圈的精英大咖。甚至在一些企业年会上也经常能看到国际扑克赛事的踪影，由此可见国际扑克的火热程度。

这是阿珍第一次看男友小河玩牌的时候，自己在网上搜索到的信息。小河瞄了一眼发现女友是在搜索这个内容，马上来了兴致，"你居然在搜这个？你直接问我不就行了。国际扑克就是德州嘛。"

"什么是'德州'？"阿珍扭头，朝着小河问。

"因为这玩意儿开始于美国的德克萨斯州，也就是德州。德州有一个小镇——洛布斯镇，当地人为了消磨时光发明了一种可以有很多人同时参与的扑克游戏——喏，网上就是这么说的。"小河指着阿珍的手机，一字一句重复。

"那这个'德州'算不算赌博？"

"嗨，棋牌和赌博是亲戚。再说，人生就是一场赌博嘛。"小河说，"来，你坐下来，我教你怎么玩德州。"

"人生就是一场赌博？"阿珍重复着小河的人生观，"你先告诉我，你为什么这么说。"

"呃，就是你下注，赌一个结果。跟我们的人生不像吗？我们做的所有行为，不都一样期待一个结果吗？有时候结果是好的，有时候结果是坏的。"

"那这也不是赌博啊！"

"你做了一件事，做了一个决定，就可以确保好的结果吗？"

阿珍想了想自已过往的经历，点了点头，又摇了摇头。最后她皱了皱眉。

"所以，人生就是一场赌博。运气好的时候，我们做了一个正确的决定，收获一个好的结果；运气不好的时候，就不好说了。"小河以为已经说服了阿珍，咧着嘴笑了。小河是个聪明人，这一点阿珍从来没有怀疑过。

小河停顿了下，向阿珍解释德州扑克的玩法——

> 玩德州一般需要 2 到 10 人。一副扑克牌共有 54 张牌，抽去王牌还剩 52 张。每个玩家分到两张牌作为"底牌"，五张由荷官陆续朝上发出的"公共牌"。经过所有押注圈（一共四轮，分别是 preflop, flop, turn, river）后，若仍不能分出胜负，游戏会进入"摊牌"阶段，也就是让所剩的玩家亮出各自底牌以较高下。持大牌者获胜。一开始，每一位玩家得到两张手牌，有两位玩家需要先下大小盲注，大盲注后面第一个玩家选择跟注、加注或者放弃，按照顺时针方向，其他玩家依次表态，大盲注玩家最后表态。如果玩家有加注情况，前面已经跟注的玩家需要再次表态甚至多次表态。接着发牌员同时发出三张公牌，由小盲注开始（如果小盲注已盖牌，由后面最近的玩家开

始，以此类推），按照顺时针方向依次表态。玩家可以选择下注、加注或者盖牌放弃。如果玩家有加注情况，前面已经跟注的玩家需要再次表态甚至多次表态。然后发牌员发出第4张公共牌。由小盲注开始，按照顺时针方向依次表态。最后发牌员发出第五张公共牌，也就是最后一张公共牌。德州扑克最好的玩家，通常是这个阶段最有技术和胆量的人，统称为智慧的人。最后的比牌阶段，在场玩家分出胜负。成牌最大的玩家赢取池底。

"阿珍，你听明白了吗？"

那时候阿珍看窗外，夕阳很美，她似乎出神了。小河的问题让她回过神来，她想让小河也看看这美景。阿珍扭头，发现小河看着他自己的手机。不难发现，手机屏幕上正显示着几张扑克牌。小河已经开始了牌局。

阿珍抿抿嘴，就好像外面的风景从来没有发生和存在过一样，也不需要再把美景介绍给小河……

2

珍妮的"职业"是"德州"的发牌员，她一般晚饭后出门工作。那天去河滨大楼"上班",但她到早了。河滨大楼,江湖人称"远东第一公寓",在上海既不高大也不现代,但足够有底蕴。除此之外还有市井气。比如它楼下有个苏州面馆,面馆里有白切羊肉。珍妮就喜欢吃白切羊肉。此外,她觉得这个面馆还是不可多得消磨时光的好地方。一个发牌员可以准时,但"到太早"其实有点儿尴尬。必须消化掉这多余的时间。

面上来了,还配了三十块钱的白切羊肉。热气腾腾的面,一摊塑料纸上散放着毫无腥气的羊肉,绝配。珍妮享受着美食的间隙,好像有个人一直盯着她。珍妮发现了。对,吃面时珍妮就已经认出了刘涛。但刘涛似乎并没有认出她。她相信这一点。她相信自己没有露出破绽。随后的牌局上,刘涛也没有表现出任何让珍妮觉得惶恐的言行。

冤家路窄。她心想。

珍妮算不上面目全非,但女人换个发型就判若两人,化了妆就别提了,何况她做了整形。尽管做的是美容整形,主要是为了让自己变漂亮,变得更受欢迎。

但,刘涛在吃面的时候,抬起头,目光直视,仿佛看到了故人的那种状态,还是让珍妮有所顾忌。

珍妮被朋友介绍刚刚去当发牌员的时候,那些中年发福的男人并不注意她。她像是一个可有可无的影子。而她的朋友,哪怕就是垫了个鼻梁拉了个眼线,叫她们去发牌的老板都积极和热情很多。挣到了一些钱之后，她也明白了那个道理。要挣钱，就要花本钱。当然，底气还是因为挣到了一些钱。她去整容，但所有整容项目里，折腾最多也是最大的，是她的胸部。

男人要看什么，就给你看什么。

但珍妮并非拥有所谓正能量健康向上的生活态度和人生目的，驱使她这样做的，无非就是能更快接近她的"目标"。她有自己的目标，也有自己的方法。

不过刘涛的突然出现，甚至让珍妮一度有中断计划的想法。一度。且仅仅是中断，暂停。

第二封信也已经寄出去了。

3

车载音乐响起，陆少华以为这是种靡靡之音，他故意挑的，他以为这种音乐会有助于拉近人与人之间的距离。但音乐这东西，每个人的听后感未必一样。这时候陆少华显得有点冲动，他侧过身试图用双手抱住坐在副驾驶的珍妮。珍妮面对此情此景感到浑身上下分外的恶心。她开始作不小幅度的挣扎。"别这样，你有老婆孩子。"珍妮摇晃着自己的身体，就像一条被网住的鱼，但很快鱼重新获得了自由。能说出这句话，就意味着女性的拒绝之意。陆少华理智回归，收手了。

"那你叫我出来……"陆少华满脸疑惑。

"我有男朋友。"珍妮补充道。

"你有男朋友？曹峰吗？"

"不是他。再说曹峰他快咳死了。"珍妮瞪了陆少华一眼。

"那我怎么没听你说起过你男朋友？"

"他在里面。"

"什么里面？"

珍妮不回答这个问题。她不想回答这个问题。陆少华不是外宾，他知道"在里面"是什么意思。

"是在你心里面吗？"陆少华明知故问。他搞不清状况，还认为这是一句俏皮话。

"对。"珍妮将错，但答案同样也是对的，"你这样出来勾搭女人，不担心你老婆发现？"珍妮嘲讽这个高大的男人。

"她不住这里。她带孩子住在学校边上，这样每天接送孩子方便。"陆少华介绍情况，"可是，今天不是你约我出来的吗？"

"你老婆帮你带孩子，你带我回家，不觉得良心会痛？"珍妮没有解答陆少华的问题，而是提出了一个新的问题。

"很痛。"陆少华说,"但痛并快乐着。"他的脸上挤出了难看的笑容。

"你真的确定我可以去你家?"

陆少华说:"要不,我们去开房?"

"不是,我想你到底知道不知道我和曹峰的事。"珍妮说。

"你说他不是你男朋友,对我来说就足够了。你不是说他快咳死了嘛。你们之间过去有什么事,我也不想知道了。"陆少华得意地说,仿佛他拥有了一件战利品。

珍妮心想,这到底是说你脑子清醒呢还是愚蠢。

"那天我问你在不在家,你说不在家,我就知道你在他那里。"陆少华从烟盒里摸出一根烟,然后按下了打开天窗的按钮,火机点燃了香烟,他吸了一口烟,然后情绪忽然变了,对珍妮忧伤地说。

珍妮心里一惊:他知道那天我在曹峰家?珍妮回忆起那个晚上,大脑飞速闪过一些念头。他们走的是地下车库,电梯坏了,楼梯黑暗,曹峰用力踩了踩地板,灯亮了一会儿。然后他在楼梯间点燃了香烟熏到了珍妮的眼睛。就像此时此刻。但是陆少华怎么知道这一切?只有载着珍妮的曹峰的车进入小区时才可能被其他人察觉他们神秘的行踪。"你说,其他人会知道我们的事吗?"珍妮突然问。

"我们?"陆少华用夹着香烟的手指了指珍妮,又指了指自己。

"不,是我和曹峰。"

有点丧气的陆少华摇了摇头,"不知道,不知道他们知不知道。"

"我也不知道。"

"你不知道什么?"

"我也不知道结果。"珍妮说,"我男朋友跟我说过,人生就像一场赌博。"

"你和曹峰的结果吗?"

"还包括我和你的。"

珍妮的这一句话给了陆少华不少希望,简直是振奋。他感觉自己为对方做的,也为自己做的一切都没有白费。

曹峰家丢了这么贵重的东西,但没有人怀疑到珍妮身上。因为除了曹峰和陆少华,以及珍妮自己之外,好像没有其他人知道那一晚珍妮就是在曹峰家里。然后珍妮是怎么离开曹峰家的呢?又是怎么做到不被所有人包括警察发现的呢?

陆少华吐出的烟是白色的,香烟自燃产生的烟是蓝色的,这两种颜色的烟都从天窗逃逸而出。随后,天窗关闭,汽车启动,驶向目的地。

4

房间里空荡荡，这是一个已婚的独居男人的家，女人只是来勘察作案地点的。她想，家里是不是合适呢？不然呢？还有更好的选择吗？一个人如果不是死在家里，那就是光明正大的死，就是预先张扬的死。男人也没有特意准备，甚至没有把房间打扫得干干净净。对他来说，这也是一个意外。但他并不知道意外是有两个结果的。

"喝酒还是喝茶？"他问女人。

男人希望得到的答案自然是喝酒，但女人说的是另外一个答案。

"你知道我和曹峰是好朋友。"陆少华端着茶走向珍妮。

当然知道，珍妮还知道很多事。

"那天晚上你去了曹峰家。然后曹峰家就丢了那么贵重的东西。"陆少华坐在沙发的另一侧，"所以说，你是一个贼吗？"

珍妮诡异地笑了一下，侧身看着陆少华，并不是期待他说出什么，而只是一种等待。

"我可没有说出去哦。"陆少华很少用这样的口吻说话。他非但没有说出去，还在珍妮走后，特意去了监控室，花了一条烟的代价，用自己熟悉的手法，抹除了监控里所有关于珍妮的画面。他认为这是值得的，但目前为止还不到把这个重大贡献说出口的时机。

"我们当中有个同学是警察。我都没有在群里说给他听，你那天晚上就在曹峰家。"陆少华双眼紧紧盯着珍妮，试图从珍妮脸上获得什么他需要的信息，"但刘涛是不会调查这么小的案子的。"

珍妮还是没有开口说任何一个字。她坐在客厅的沙发上，双手捂住五分钟前陆少华递过来的茶杯。是白茶，泡在热水中很快就冒出很浓重的茶香。

"曹峰自己也没有怀疑你对吧？"陆少华似乎还是在试探。

一丝轻薄的雾气在二人中间慢慢升起。

"然后呢？"珍妮终于提问。

"然后我去监控室，找他们小区保安聊天。我就是想告诉你：我为你做了什么。珍妮。"

"再然后呢？"珍妮继续提问。

这一问，陆少华傻了。他原本以为在他说出这些话的时候，珍妮会感激涕零，或者为自己辩解，或者求对方继续保密。但她都没有。这大大出乎陆少华的预料。如果珍妮是一个贼，真不知道这个贼的胆量为什么这么大？这么做贼不心虚？

"喝茶吧。"陆少华建议。

"茶还烫着呢。"珍妮回应,"你家有酒吗?"

这时,陆少华拿不定主意了。按理,如果此刻两个人可以开一瓶红酒,是极好的。

珍妮放下茶杯,把头发扎了起来。

"怎么突然又想喝酒了?"陆少华问。

"你刚刚让我选的,我现在重新选。不能让我喝几杯酒?是你家里突然没有酒了吗?"

珍妮至少比陆少华小了十岁,但从两人对话语气上,仿佛不存在年龄差。是珍妮见多识广,还是阅历丰富?

"对,我家的酒,刚刚被那个谁偷走了。"陆少华说了一句冷笑话,自己先笑了起来。他起身从不远处客厅的柜子里找酒,此时此刻,背部就暴露在珍妮面前。

珍妮想:先喝点酒吧,喝酒可以让人壮胆。但对珍妮来说,其实没有这个需要。对陆少华可能是需要的。他现在并没有十足把握去"迎战"这个看上去有点深不可测的女人。陆少华开了一瓶红酒。木塞被拉出的那一声响总是悦耳,陆少华拿出两个红酒杯,"走,我们去阳台喝吧。这样的夜晚,在这个阳台听听歌、喝喝红酒。"

"抽抽烟。"珍妮补充道。

"对,再抽抽烟,是不是很惬意?"

这一次珍妮却没有附和。那个小音箱并没有很好的声音呈现，但好在这两人都不是对这方面有很高要求的人。气氛的关键点不在这里。

"这是什么歌？"珍妮问。

"《不要告别》。"

"《不要告别》。"珍妮一个字一个字念着这歌名，"谁唱的？"

"杨乃文。好像是个台湾歌手。"

"杨乃文？不认识。"

"她还唱过大张伟的歌。大张伟你知道吧，你看不看综艺？"

大张伟，珍妮当然是知道的。她觉得这个男孩很聪明，甚至过于聪明了。"这首歌很好听。"她说。珍妮随着歌声轻轻哼唱了起来。陆少华也陪着哼唱，他甚至在思考这些歌词是不是特别应景。

六七月份的夜晚，天气爽朗。十六楼，蚊虫很难高攀。陆少华对阳台的设计比客厅更用心，能看出来他经常在阳台上休息和思考人生。一张靠墙的沙发，类似于榻榻米的设计，一张小型的茶几，一个台灯。台灯打开后，阳台果然具备了适合聊天的气氛。可这会儿到底该聊些什么呢？珍妮到底对什么话题会感兴趣？

珍妮也跟了上来。

"你看这楼下花园和那个网球场，多大啊，就没人玩。

这个楼盘理论上是安置房，但配置又搞得这么奢侈。本地人基本都有房子，被安置了好几套，这一套性价比太低不愿意住，外地人又嫌二手房东一手装修房租贵。这鬼地方，入住率现在这么低。"陆少华尝试开一个话头。

入住率确实低，前排那一栋，几乎都没有任何光亮，"鬼城一样。"

"那我们都是鬼咯？"

陆少华转身，他要低头才能正视珍妮，"别吓人。"

"你就是个赌鬼，自己不知道？"

"别闹了，来，喝吧。"陆少华并不喜欢这个话题。

珍妮想起一个故事，严格意义上说，不止一个故事，"你平时不看话剧吧？"

"也看一点，怎么了？"陆少华自诩是个文化人，这种问题可不能直接否认。相反，珍妮很少看话剧。

"你看过一个叫做《枕头人》的话剧吗？"

《枕头人》，这是小河和珍妮恋爱时一起看的一出话剧。广告语是"花里胡哨的叙事和血腥暴力的情节让人看完之后头脑发懵"。

"这还真没有。讲什么的，好看吗？"

珍妮不知道怎么回答，用广告语来概括这个话剧也显得偷懒。她思考的也不是怎么回答这个问题。她只是突然想起，她只是在玩。"说回刚刚我们的话题吧。"珍妮自顾自喝了一口酒。

"别自己喝呀。"陆少华把杯子送上前,试图碰杯。他觉得这时候喝酒才是正经事。他甚至已经忘了刚刚对珍妮说的那些话了。

然后呢?珍妮一直在问的那个问题,陆少华并不知道然后是什么。

此时此刻,陆少华只是心存侥幸。他也不能肯定珍妮和曹峰之间到底是什么样的关系,而他是否有这样的机会。一个外地来上海的女孩子,一个靠给各种私局发牌赚取生活费的发牌员,相貌是姣好的,人也已经到自己家里了,然后呢?

之后,他们会在一起接吻吗?会拥抱吗?会紧接着接吻和拥抱之后做爱吗?陆少华现在只能等待,在等待的过程中找准时机,尽力去试探珍妮。

"你一直说我不适合打牌。"陆少华和珍妮碰杯之后,看着珍妮,他就忽然想起打牌的事,"到底是为什么?"

"因为你缺钱。你找曹峰借了钱。"

"我就知道,他告诉了你。"陆少华飞快抿嘴,脸上一红。毕竟这是个不光彩的"秘密"。他给自己找了这么大一个不痛快,甚至把之后所有的兴致都扫除掉了。"哎,妈的。"陆少华对着夜空低声骂了一句。

"嗯,所以,你现在恨他吗?"珍妮问。

"恨曹峰?"

"嗯。"

"我简直想杀了他。"

"哦,你想杀了他。"珍妮冷冷地复述了一遍陆少华的想法,"他死了,你不用还债了。高兴吗?他死了,你不难过吗?你们是同学。"

"难过啊。当然难过。可是……"陆少华脸色突然阴沉下来,"你在说什么?你疯了吗?我为什么要杀曹峰?"

"你刚刚自己说的,你想杀了他。因为你借了他的钱,你欠他的钱你还不上。而且曹峰还把这个'秘密'告诉了我。"

陆少华感觉一阵晕眩。他轻抚额头。珍妮说的,确实都说得通,但他肯定不会这么做。杀人,陆少华怎么会呢?杀人?杀人?酒精会让人晕眩,但不至于这么快。能让人晕眩和无力的,一定还有其他东西。

看着陆少华晃晃悠悠的样子,珍妮仿佛看到父亲的身影,但这不是她父亲。珍妮笑了。在陆少华的眼中,珍妮笑得狰狞。"你想干吗?"

"然后呢?"珍妮右手举着杯子,左手托着右手,问陆少华。但陆少华依然觉得这个问题非常难回答。

"你为什么一直要问我这个问题?"他的眼前一片迷雾,但是迷雾越来越黑。

陆少华双腿一软，手里杯子落地和阳台地砖发出碰撞后，玻璃四溅。他晕了过去。在他晕过去之前听到的最后一句话也是珍妮说的——

"你不适合打牌。"

5

大约五分钟也许是十分钟后，陆少华睁开了双眼。他试图呼吸，但感觉有点困难。这时他才模糊意识到脖子被一根什么东西勒住了。他想用手去抓那根绳子，但似乎有人阻止他这么做。他能感受到身后有一个人正在用硬物顶着他的后背。

那一定是珍妮了。

"珍妮！珍妮？是你吗？"陆少华喊了两声。后面那个人没有回答他，却用力拽住那根绳子，越拽越紧。那是珍妮皮包上的拉绳，皮革质地。在"江南皮革厂"那个段子最流行的时候，珍妮的男朋友送给她的生日礼物。

"珍妮，你干嘛……"

珍妮在干嘛呢？她咬着牙，用力拽着来自"江南皮革厂"的拉绳。

"求求你……放过我吧，我……没对你怎么样……"

"然后呢?"珍妮龇牙咧嘴地问,把"呢"这个音拖得很长。

陆少华的犹豫是一种露怯。但此刻陆少华已经没有说出一个完整句子的心肺功能了。他使出最后一点余力,一只手抓着那根绳子,另外一只手在空中不停飞舞。有一刹那,那个小拳头击中了珍妮的脑门,不过在珍妮的身体继续往后仰的过程中,那个小拳头再也无法袭击到珍妮了。这搞得珍妮气喘吁吁:没事,就快成功了。再坚持一会儿,再坚持一会儿,她身前的这个男人不再伸腿、伸手、张牙舞爪,她就成功了。

陆少华开始用脚不停地制造声响,他并不是一个瘦弱的男人,因此制造的动静可不算小。这个时候珍妮只能冲刺了,她青筋暴起,整张脸皱成了一团。快了,眼前这个男人用脚捶地的频率越来越低。好了,是不是可以松一口气了?但珍妮也不敢。她又坚持了一会儿。

珍妮开始数数,她给自己一个目标,如果她继续勒住绳子,然后数到30,无论如何,她就可以休息了。

1,2,3,4……陆少华似乎又挣扎了一下。他的身体剧烈地颤抖了几下,像一条泥鳅,整个下半身翻滚着。珍妮分不清这是否所谓的回光返照,因为这几下特别厉害。5,6,7,8……27,28,29,30。

好了。完全不动了。

如果算历史累计总数，1，2，3，第三个，这是她杀的第三个人了。她心里有数，这样下去，她没有了回头路。但又有什么要紧呢？从第一个开始，就没有回头路了吧，只是她一直有得到他人的"保护"，她总是可以躲过劫难、躲过罪罚。

这一次，目的稍有不同。她想为自己的感情找到一个归宿。她想赌一把。为自己赌一把。

有的人，他的生命结束了就结束了，与他人无碍。甚至还帮了别人，给别人省去了很多麻烦甚至烦恼。珍妮就是这么想的。她不会可怜这些人，这种情绪是没有必要的。珍妮喜欢看抖音上一个每天播放新生儿各种窘态的视频号，她想：为什么人出生时是这么无害而可爱，长大了就会变成那些样子？赌博、好色、嗜酒，打骂家人，像她父亲那样；也像曹峰，也像陆少华。

但曹峰是好的，她豁免了曹峰。陆少华对珍妮来说是个意外。她原本的目标就是曹峰——虽然陆少华实际上比曹峰更合适，后来珍妮确认了这一点，而这两个人都跟她的父亲有太多共同点。

珍妮已经气喘吁吁，瘫坐在沙发上。但她对自己有两点还是满意的：一个是脑子反应快，一个是身子反应快。如果还有第三点，那就是力气，她拥有了比一般年轻女孩更大的力气。这得益于这些年的"锻炼"。

现在她需要收拾残局。

她站起身,腰和肩膀都有点疼;手臂只是酸胀,手心里还火辣辣的。她在房间四周踱了几步,又去门口看了几眼。阳台上最糟糕,红酒杯打碎了,红酒洒满了半个阳台。最后她回到陆少华身边,用脚踢了几下陆少华。不能说是纹丝不动,至少陆少华的脑袋来回晃了几下。

接下来,她还有一个体力活。所以现在珍妮需要休息片刻。她从陆少华的口袋里摸出了一包烟。刚才她就发现了,就是这烟盒膈得她大腿疼。

"点燃这支香烟……"不是珍妮想起了这首歌,是那首循环播放的歌正好唱到了这一句。她从烟盒中取出一支烟,点燃了。

> 点燃这支香烟。让光亮爆炸这黑夜。寂静世界不发一言。
>
> 我的手在触摸着,从高处坠落的感觉,可心仍在向上飞跃。
>
> 笼罩我,保护我,带我攀越最高的峰巅。也许天堂就在你抚摸的瞬间。
>
> 黑夜在缠绵,风声已静。为你的狂野,溶化血液。
>
> 在黑夜和黎明的分界。别把我心带走,别让这梦

溜走。

不要告别，不要告别……

衣衫不整的珍妮跟着原唱哼唱完，严格来说是唱完了前半首。她坐回陆少华家中的沙发，像是在笑，却又呜呜哭起来，年纪轻轻，一脸褶皱。五分钟后，她把身边的一包白色粉末拽进口袋。然后她看了看自己的手，已经被皮革勒出深深的血痕，火辣辣的感觉，珍妮喜欢这种感觉。

这就是一双上帝之手。打牌的人都知道，是发牌员决定了一切。发牌员就是上帝。现在上帝拥有了一双火辣辣的血手。

"血手无情"，那个在德州扑克锦标赛决赛桌上的美女荷官就拥有这样一个恶魔般的绰号。她突然想起了什么，找到陆少华的手机，使劲用陆少华的指纹试了好几次，终于解锁了。她找到群聊，看到群聊里的内容，兀自满意地笑了起来。笑了一会儿之后，她决定发送几个字：啊，怎么会这样？

珍妮想了想，又加了几个字：我这几天忙。

能拖延几天也是好的。然后珍妮用陆少华的衣服擦掉手机上自己的指纹。

擦完，一股疲倦汹涌袭来。珍妮瘫坐在地上，双眼发红。

"你会来救我吗？曹峰。"珍妮倚靠在一个深深的角落。杀人本身并不让珍妮感到恐惧，她心中早已枯干成一片沙漠。她信奉的是，不是每个人都值得活下去。真正令她不安和犹疑的：曹峰会不会兑现他对自己的承诺，就像小河对自己做的那样？

如果曹峰做到了，那么，珍妮也会坚定自己情感的天平偏向他。

珍妮盘算的，就是测试曹峰的诺言是否为真。

6

一个聚会正在吸引各路人马，集中到某一处。最先到的是曹峰。

远看曹峰像是一个大明星，身材、走姿，戴着一顶棒球帽子，还戴着全黑色口罩以及一副范思哲牌、强烈反光的墨镜。

那副墨镜是前几年他和三个同学一起去日本游轮玩时从大牌打折店买来的。当时他试戴了墨镜之后很得意，自拍一张照片同时发给了三四个女友。那时他女友很多，曹峰常常编辑同一条消息发给好几个对象。但他脑子还行，几乎不发错——也不回错。唯一一次出了纰漏，是他对刚刚更新的微信版本不熟悉。那天是他第一次使用群发功能，选择了打星号的人。群发消息之后，出现了一个群。群里那些人面面相觑，没人说话。

几分钟之后曹峰打开微信也"发现"了这个群，顿时一身冷汗。幸亏他反应快，马上又拉进来一批人。最后，他说："亲爱的各位，这是我的亲友群，用来发布一些我的个人见闻和人生感想。"紧接着，他马上踢出一些女友，并私下小窗跟她们解释，"拉错了，不好意思。"

这件事也成为曹峰整个骚动期的结束。他被几个不那么笨的女友拉黑了，没有一句告别词。

遗产——这件事也有一个"遗产"，就是这个群。此群存活至今，群里人除了他之外，还有两位范先生、一位陆先生、一位刘先生，成为了真正的"同学群"，群名"康桥五虎"。没错，这是他们曾经的名号。

刘先生属于边缘人物，那次游轮之行唯独没有他。两位范先生，一位陆先生，加上曹先生本人，这四个人在中学时是两对同桌，后来还一起开了饭店。为了避税，他们需要成立一家餐饮公司。给公司起名字时，因为几个人对起名风水什么的不讲究，又懒，于是就叫"上海范陆曹餐饮管理有限公司"。

公司名之所以把"范"放在第一位，是因为范先生占了两席。事实上，法人代表和名义上的董事长，他们"委任"的是曹峰。完全是互相推诿责任之后的一种强制性安排。

刘先生之所以边缘，主要是他中学毕业后读了警校，后来去隔壁辖区工作，较少回康桥。但他始终是另外四位的好友，毕竟他们一起，五个人，曾经是康桥中学篮球冠军的先发五虎——其实整个篮球队也就五个人，根本无所谓"先发"。他们拿到康桥的冠军，然后拿到浦东的冠军，最后还作为浦东的代表之一，在市里年度总决赛上勇夺——亚军。

之后，他们认为这主要怪曹峰。曹峰是万年老二的命，无论什么比赛、什么排名，什么什么都是"二"。包括后来的二婚，也包括更后来的二离。两次都是闪电结婚，闪电离婚。事不过三，曹峰已经"答应"大家："我不会再结婚了。"

"再结婚也不会送你红包了。"已经送了两次红包的同学们看透了曹峰的把戏。看上去他完全是一个通过结婚来融资的生意人。

但今天打牌曹峰做了第一。他是第一个到达朱老师家的。这一身行头会被师娘一顿夸奖，每次都这样，师娘总是说："小曹，你像个明星。"

今天也不例外，就像上一次的翻版，"小曹，今天你又打扮成这样，啧啧啧。"

曹峰笑了笑，出于礼貌，他先摘下了墨镜又摘下了口罩。不过，他马上咳嗽了一下。

"啧啧啧，师娘喜欢。"

师娘孙老师是朱老师的太太。哪怕这把年纪，依然也是个有风韵的女人。大家都夸朱老师的审美，朱老师自然笑着接纳。"我哪里差了？"他偶尔也会反击，"我老朱哪里配不上这个老太婆？"

朱老师配得上孙老师，大家都知道。他身材算不上魁梧，但说话嗓门很大，中气十足，在学生面前有足够多的办法树立威信。当年朱老师为追求孙老师，甚至切掉了自己左手的小拇指。这个故事广为流传，但具体细节版本各异。也有人说是老朱对还没有成其女朋友的孙老师酒后强行"动手动脚"，最后只好自断一指"谢罪"，而孙老师却因此……不管怎么说，朱老师就是当年这帮小崽子的恩师，也是中学三年的班主任。朱老师带了这帮孩子三年，把这帮孩子当自己孩子待。包括他家房子的砖瓦都是这帮孩子一起搬抬的。

多年来，朱老师的生活除了教学，就是打麻将。工作和业余时间都有非常明确的重心。一开始是麻将，上海麻将就有很多流行打法，几年换一种打法，最后却一致叛逃，一群上海人麻将打法固定在四川麻将上。因为那足够血腥，也足够简约。

麻将缺乏变化，也更依赖于运气。不知何时起，朱老师把德州扑克这个游戏从外面带了回来，马上就得到一群学生的响应。这群学生如今也三十好几，有足够时间玩牌——更主要是，有足够的零花钱玩牌。这些年，随着康桥发展，带动了康桥地产发展，带动了地价和房价飞升。房价带动租金，自然也惠及这些本地"土著"。

叔本华说过，人生就是在无聊和痛苦中摇摆。讨生活，痛苦；讨到了基本的生活，无聊就变得很常见。本地"土著"普遍讨到了基本生活，随后他们就陷入无聊的棋牌游戏，不可自拔。

朱老师的别墅里，有一个房间置放了一张 POKER STAR 专业德扑桌。这个牌子是业界公认顶流，世界上最好的牌手都曾为这个品牌代言，这个品牌也主办着好几个影响力巨大的德州扑克比赛。这张价值不菲的桌子，除了桌沿有九个用来放饮料或直接当烟灰缸的银色坑槽外，几乎全身都是黑色。黑色的东西一般白天都很安静，它们都属于另一个时间段。到了晚上，尤其是杯盏交错的深夜，就热闹得不像话。说它是主角也不完全准确，因为它甚至连一个角色都不是。它就像一片球场。有球员在球场踢球，有牌手在这张昂贵的德扑桌上打牌。

每逢周末，朱老师就会借着自己有一张这样的桌子呼朋唤友，来家里打牌。"上海范陆曹餐饮管理有限公司"

的股东们当然是这里的常客。

刘涛想来参与这个牌局很久了。他也爱玩这个游戏，只是迫于身份，一直只能去网上玩，用Q币。后来网上软件被下架了，说辞不明，但大家都知道，有人利用这个游戏进行赌博。棋牌是最易适用赌博的，但棋牌本身应该是一种智力游戏。刘涛心知肚明也没用，现实生活里，他不敢造次。严格算来，这就是赌博。不，不用严格算，这就是赌博。

德州扑克游戏分好几种。最常见的分法，一种叫MTT，就是锦标赛，几百人乃至几千人参与，最著名的WSOP能有几万人。欧洲有一个比肩WSOP的比赛叫做EPT，据称比WSOP水平更高更难打。相当于一个是世界杯一个是欧洲杯。严格的锦标赛大家都是一条命，就是规定所有玩家同一个买入，然后大家开始竞技，直至你耗尽筹码，直至最后一个拥有筹码的人成为冠军，享受荣誉的同时，获得巨大的财富。另一种牌友们称之为常规桌，也叫现金桌，CASH。此外种种分类，都是这两种的延伸。

刘涛想，要玩牌的话去老师家——应该是安全的。于是这个周末回家路上，他就在"康桥五虎"群里问大伙儿："这周朱老师那里有牌局吗？"

范军第一个回应，但是他巧妙地用了一个问题回应：

"你就告诉我哪周没有吧?"另一位范先生范奇补充了一个朱老师家的定位地址,并说出时间:"周五晚上八点。"

刘涛马上回复"不见不散",并心满意足地放下手机。终于,他觉得自己可以打打牌,放松放松了。

群主曹峰开玩笑说:"安全了,这下我们彻底安全了。刘警官就是我们的'保护伞'。"

一场牌局就这么确定下来。确定比平时多了一位警官入场。

警官提醒:"都是自己人,玩小一点。这样就算被抓了,也可以判轻一点。"随后他给出一个笑脸。

随着拆迁房的大肆建设以及被拆迁民房的大批倒塌,乡间小路已经完全变了模样。刘涛已有一年多不到两年没回来,按照上海宣传的"一年一变样,三年大变样"口号,正好"变"与"大变"之间。一条名叫周川公路的马路被分成了三段,新的马路叫秀沿路和秀浦路,就像两把利刃,刺穿了也好,砍断了也罢,周川公路就变成了猪肉一样,只剩下中间。中间那段最肥美,看上去,朱老师的别墅就在那里。

朱老师家也是拆迁得的。最早的政策,拆迁是原地拆迁原地建设,给你一些钱,把老宅拆除,在原地建设"新农村"——现在已经不这么叫了,把"农"字去掉,改为"新村"。康桥已经完全脱离农业,往工业发展。大部分拆迁的农房，都变成了厂房。著名的手机零部件公司华心建在康桥，占地多达三千两百亩。华心工厂工人最多时有好几万（有人说七八万，也有人更正为两三万）。刘涛关心过这些数据，两个数据都是真的。2015年时有七八万，现在只有三万。华心生产的手机零部件恐怕没有得到手机厂商的热烈欢迎，或者是其他方面经营有问题，总之这些年遣散了不少员工。

这些数据来源是刘涛警校的师弟，谈震。谈震说这些外来务工人员，可让他们辖区治安头疼。不管不行，管太多，又怕影响经济发展。"少了好，少了好管一些。"结果就是少了一大半。但目前这些数量的外来务工人员也足够支撑整个康桥的租房市场了。"范陆曹"股东们如今日子如此好过，要感谢国家的发展，感谢党。他们的农房被拆迁后平均能分到三四套房子，用来出租，收入不菲，足够养活一家人，甚至足够让他们有闲钱来参与竞技扑克——赌博。

小赌怡情，此话不假。但赌博多大算大，多小算小呢？完全看个人和家庭的经济条件。大家会找到一个平衡值，让你盈利时值得高兴，失去金钱时感到沮丧。这就是赌博的魅力，无端增加了生活中的喜怒哀乐。

对这个阶段的刘涛来说，他需要这些情绪的波动。

因此，牌局从来不是重点。重点都是人。

范军和范奇两位堂兄弟随后到来,他们总是成双结对出现。不过考虑到他们两位太太之间水火不容,他们关系好归好,到了这个年纪也很难穿同一条裤子——因此其他人并不介意他俩出现在同一张赌桌上。何况是朱老师家的局,他俩是不敢造次的。陆少华今天依然准时。他是个相对缄默的人,也相对诚实守信——大家都认为他在牌桌上是一位"岩石玩家"(德州扑克术语,大意是这一类玩家手上不是最大的牌,都不会下注)。如果他行动了,说明他的牌力非常强。但陆少华心里清楚,他只是运气不够好,总是拿不到足够多的好牌而已。如果给他机会,他是愿意下场赌一赌的——他几乎是所有人当中最愿意赌一赌的。不过形象归形象,谁都看不到对方内心的风景。

师娘孙老师让家里的阿姨备好了茶水,放在每一张椅子边上小茶几上。平均两张椅子当中会有一个小茶几,用来摆放两杯茶绰绰有余,自然还能放下打火机和几包烟。现在流行电子烟了,反而省出来不少地方。

"范陆曹"股东们来到了牌局也都默契,抽上了电子烟。他们上次去日本游轮度假时第一次接触到这一类产品,因为电子烟的流行迅速追赶潮流。效果不错,至少这样孙老师很开心,她可以少闻好多二手烟。

牌局马上就要开始。

朱老师上桌后看了看自己的学生们,现在的牌友们,突然发现一个秘密似的说:"今天不是九人局吗?小刘不是说也要来,怎么还没到?"

"这家伙,是不是没找到路?"范军说。

"毕竟这条路断成了三截,上次他回来时好像路都还没开始修。"范奇说。

陆少华看了看手机,"刘涛在群里说话了,他还有五分钟到。"

朱老师、范军、范奇、陆少华、曹峰,刘涛,另外三位也是朱老师家的常客,是朱老师在把"范陆曹"那一届学生送走后带的第二批学生,也像他自己的孩子一样,熟悉、亲密。一个做金融,另外两个现在一起合伙开了一个汽车修理厂,蛮不错的。这一切都很好。朱老师常常觉得欣慰:学生们如今都一个个长大了,甚至跟他一样爱上打牌。这样让他和自己的学生们能常常相聚。老朱不是每一次都上桌。他并不忌讳和学生一起打牌,偶尔上桌也有格外乐趣。今天听说人员齐整,刘涛也要来,他才决定上桌和大家一起热闹热闹。

师娘说,今天那个发牌的姑娘有事不能来,"她也许今天刚好有别的局吧。"

范军先叹了口气,"唉。"

范奇说:"阿哥,人家曹峰都没叹气,你叹什么气?"

曹峰默默地重新戴上口罩,这样一来其他人看不到他的大部分表情了。大家都知道曹峰和那个发牌的姑娘之间有微妙关系。有时候点破，有时候点到即止。

"那就只能师娘我帮你们发牌了。老规矩，小费看着给，别勉强。"

大家笑笑，范军说："怎么能说是勉强呢？给师娘小费我最开心了。"范军一笑，黝黑的额头就多出了好几条线。原本这样的台词是曹峰说最"合理常见"，只是不知为何，曹峰没有以前那么活跃。

"你这根碳棒也开始皮起来了。"老朱骂骂咧咧。

只有老朱会把范军叫成"碳棒"。因为范军肤色黑，比同龄人黑出好几个色号，活生生像一根碳棒。这是中学里范军的外号，时至今日，大家都三四十岁的人，唯一能这么叫范军的人只剩下朱老师了。

发牌员是德州扑克的另外一个重要角色。理论上也包括实际上，所有人的命运都在发牌员手里。她像上帝，给你什么手牌，你就会经历什么样的命运。今晚的上帝是师娘。

刘涛抵达时，牌局已经开始两圈。而刘涛刚到，陆少华看了手机后跟大家打招呼要先走，"真不好意思，突然有点急事。"

"大周末的，能有什么急事？我来了你就要走，你这是啥意思嘛。"刘涛很不满意。其他人也作了一番挽留的努力。陆少华赔笑，但已经起身。牌局刚开始，他今天状态一般，却也赢了一百多筹码，恭恭敬敬递给师娘，意思是大家不用给他结账了。"不好意思啊，你们玩好。下周见。"陆少华没有过多解释，"强行"离开了。一桌人只得目送。

刘涛看陆少华离桌后空了的座位，径自坐下，"这个位置应该风水还行吧。"

风水不好的是他的上家，那时候曹峰已经输了三手了。曹峰尽管全副武装，但每次都被别人手里的牌死死压制，他拿了KK，人家手里就是AA。他中了顺子，人家就是更高的顺子。

"哟，刘警官。可以抓我们的鸡（德州术语，意指抓住对手的诈唬），别抓我们的赌哦。"范军见到刘涛第一个打招呼。所有人齐齐看向这位许久未见的老朋友。刘涛笑笑，阿姨在一旁也已经给他备好了新的杯子，杯子中有热腾腾的茶。

交代了一些这个牌局的基本结算规则之后，刘涛观察了对手们面前的筹码量。他坐在曹峰的下家。曹峰的筹码已然不多，刘涛心想，这时候跟曹峰聊天可能不是一个好机会，更何况曹峰还戴着代表着严肃的口罩。

刘涛的第七手牌就是天大的牌。他记得很清楚，正好一圈下来，他第二次拿到了桩位的好位置。他再一次确认了手牌，努力克制着自己内心的喜悦。扑克游戏能给人带来快乐的前奏已经响起。同花顺——这是德州扑克里的金钟罩铁布衫，无人能超越。刘涛手里的同色连张，加上FLOP的三张牌，恰好组成了这样的牌型。他现在什么都不用干，就等其他人中一点什么牌，然后最后时刻推出自己所有的筹码就行了。

那个中了一点牌的倒霉蛋还是坐在刘涛上家的曹峰。曹峰和刘涛在河牌落听之后互相加注了几个来回。在刘涛喊了一声"All in"之后，曹峰咳嗽了好几声，然后说："妈的，真的是同花顺？"他手里的牌有一张黑桃A，另外一张也是黑桃，组成的牌型也足够大，绝大多数情况下，足够赌上身家性命——仅仅输给理论上的唯一坚果同花顺而已，是第二大的牌型。

曹峰还在犹豫要不要接住刘警官的全下。与此同时，他又咳嗽了好几声。因为大家都在等待最后的结果，曹峰的咳嗽就显得特别清晰。

他搬去新房之后一直咳嗽，这是他戴口罩的真实原因。因为他前几个礼拜来时就已经咳嗽，于是大家都建议他戴上口罩一起玩。他做到了。至于咳嗽的原因，或许不是范奇说的"最近烟抽多了吧？"，曹峰和大家一样，都是老烟民。之前一次陆少华的推测更让曹峰信服，"你们家装修的材料是不是不行？"

曹峰新家的装修确实比较凑合。后来他自己也发现了。叔叔的朋友，通常就是坑人的货色。可以确认的是，地板和乳胶漆都用了杂牌。

"衣柜和地板的味道确实特别大，用料出了问题。"

"甲醛。你用的品牌可能不行，咱们去三一五晚会上曝光他们。"范奇说。

"可是证据呢？就拿我的病历卡吗？再说我没去看医生。"

"为啥不去看啊？"

曹峰不说话，他知道是怎么回事，但不回答这个问题更轻松一些。他的咳嗽里没有痰，常识认为，没有痰的咳嗽是比较严重的。好咳有痰，坏咳无痰。

"这么咳嗽下去怎么行？你还是戴口罩来打牌吧。"后来范奇就这么建议了。

曹峰戴了口罩打牌，这样显得他更神秘莫测。

"你现在既戴帽子又戴口罩，很像一个职业玩家，让我们怎么跟你玩？"范军说。因为范军说话时表情过于严肃，你看不出这句话是一句玩笑还是指责。

曹峰以前都不戴帽子，他有一头黝黑而茂盛的头发，因此戴上帽子就显得闷热。之所以最近几个月开始戴帽子，他心知肚明。每一次洗澡，曹峰都能扯下好些头发来；一觉醒来，床头也能发现不少。这还不能不清理。他频繁搜索关于脱发的信息，以至于微博和百度上都开始给他推送相关广告。现在大数据可怕得很，你的搜索记录会上传到云端，云端则会给你推送相关广告。主要是广告。戴了帽子，让曹峰有更多的安全感，还省去了不少麻烦，比如在戴帽子之前，总有人问他："你怎么头发开始变得稀疏了？"曹峰不知道该如何解释。

不光是头发变稀疏了，他的整个头皮已经开始长起很小的不规则的炎症粒状物，偶尔还会痒。他去抠，然后就会掉落一块头皮，头皮上还会有几根头发。戴帽子很好，他照镜子时还挺得意。他认为这是一种有效且时尚的装扮。

可是没有用，尽管是帽子＋口罩的组合，四五圈下来他还是输得最多。在他跟注了刘涛的同花顺被清空之后又拿了一手，可是几个回合下来，他就没剩多少筹码了。短筹的曹峰"运气不错"，看起来他拿了一手好牌，在发公共牌之前他就推出了所有的筹码。不过有人CALL了他的全下。

摊牌。那位朱老师的学生，曹峰他们的师弟是QQ，第三大的口袋对子。而曹峰摔出了一对K。

师娘小心翼翼地发牌，一张黑色Q出现在公共牌里。也就是说，曹峰又输了。

"不好意思啊，曹峰。"师娘因为发出了这张牌而对曹峰道歉。

"跟师娘没关系，是我今天比较背。"曹峰还有一些基本的礼貌，但他坚持不玩了，"算了，不是今天。"他用英文说了"不是今天"——"Not today"，紧接着咳了一串。他的咳嗽就像火车汽笛声连续不断，甚至冒着黑烟——在他的想象里。他捂住嘴巴从椅子上站了起来，"不玩了，我也先走了。"

为什么说"也"，是因为大家都知道，陆少华是今晚第一个离桌的人。虽然两个人离桌原因并不相同。"对了，这应该是我最后一次来玩了。下次不来了。"

没人接他的话，大家自然都以为他是气话。

曹峰走了，待遇不如陆少华，没有人挽留他。去挽留一个赌运奇差的人继续游戏是不道德的。没人会这么做，何况曹峰还说了那句"气话"。

"他脾气怎么变这样了？"刘涛是"外人"，见大家的次数最少。在他以前的印象里，曹峰是一个活泼开朗的人，也是团队里最活跃的家伙。曹峰和碳棒两个人曾经是一对活宝，互相开涮都成为了大家的乐趣。尽管碳棒还有个弟弟撑腰，但曹峰在和范军、范奇兄弟俩的口舌交锋中从来不落下风。也因为他风趣幽默，女孩缘特别好。

"你同花顺把他打掉那么多筹码，他当然气啦。"范奇说。

"这有啥办法，冤家牌。"

冤家牌，是指你无法躲避的对局。遇上就遇上了，得认。英文是COOLER。这有个典故，曹峰知道这个典故，他是听珍妮说的。遇上COOLER，他接受这个事实，选择了离开。

"他咳嗽怎么这么厉害？"刘涛问。

"有一阵了。我们怀疑他新家的装修，家具用料有问题，我们都想拿到网上去曝光呢。"

"他吸了太多甲醛？"

"可能吧。轮到你了。"范军指了指刘涛，这时候牌局上轮到他说话。

师娘也看着刘涛。

刘涛说："弃牌。"刘涛牌风严谨，不是NUTS坚果都很少开枪。今天晚上他的运气很不错，好几次都拿到了河牌的最大牌型。刚才他又拿到了最大的葫芦，打到了牌局上另一个对手顺子的价值。

"你怎么总是忘记打赏？"范军是一个监督员，他监督每一个收获胜利的牌手给发牌员打赏小费。

"随意，都随意的。"师娘说。

刘涛忙不迭给师娘送去了面值十元的筹码两枚，"不好意思，以前我玩时都没有发牌员，没这习惯。"

"入乡随俗，懂不懂，刘警官？"

"知道了知道了。"

牌局继续进行着，时针指向晚上九点半。忽然大伙儿听到一片狗叫声。朱老师家里养着一条金毛，平时非常温顺。这是怎么了？

"是小黄。怎么了？"师娘看着老朱，瞪大的眼睛代表着慌张不安的情绪。

老朱马上理解了妻子的眼神，"我去看看。"

狗叫的情况有四种：第一是有陌生人侵入，第二求你给它东西吃，第三欢迎你回来，第四和其他狗交流。这次是第一种情况。朱老师刚打开门想看看情况，很快一群穿着制服、训练有素的人就趁着朱老师开门瞬间涌进来。"你，们，都是谁？"老朱像是口吃一般质问着。但他马上从对方衣着明白过来。太明显了，他们都是人民警察。在人民警察面前，嗓门很大的人民教师哑火了。

"都别动，都别动。请配合。"带头的警察健步来到客厅。

灯光很明亮，所有人都呆若木鸡。范军和范奇两个人就像连体婴儿一样，双双举起了手臂。

几秒钟后，大家又达成了另外一个一致的意见。他们都看向刘涛。对，刘涛也是警察。警察和警察也许能说上话？刘涛意识到了自己肩上的责任，他站起来，走向那个带头的警察，"喂，谈震。"刘涛率先叫出那个警察的名字。

谈震也是吃了一惊,说:"啊,师兄,你怎么在这?"

"哎,这是我老师家,我们都是同学,周末聚聚,玩一下,怎么你们现在连这个都要管了?"

"师兄,你们这是赌博啊。"谈震无奈又明确地说。

"哪里赌博了?"刘涛让谈震看看他们的桌子,桌上没有现金。

"师兄,你这可别为难我,要我去搞证据,你知道肯定搞得到。你们的微信转账记录,一查就是。"

刘涛明白,尽管他可以从目前局面中脱身,但他的老师同学们,互相之间的转账记录,一次两次说得清,这么多次是很难圆过来的。"行行行,那就按规矩办事,你让兄弟们别这么严肃,我们交点罚款好吧。"

"罚款是肯定要的……另外……"

"喂,你别跟我搞这个。就交罚款。"

这时候,谈震拉着刘涛走向房间另一边,"师兄,这个行动,我是被安排过来的,只是交罚款我可能没办法交代。总得拉几个人回去关几天。行政处罚。"

"我国《行政处罚法》第八条规定,你要我背这个给你听?"(第八条规定:行政处罚的种类:1. 警告;2. 罚款;3. 没收违法所得、没收非法财物;4. 责令停产停业;5. 暂扣或者吊销许可证、暂扣或者吊销执照;6. 行政拘留；7. 法律、行政法规规定的其他行政处罚。)

"呃……师兄，你……要不，你让我想想。"

"没得想，就交罚款。"刘涛像是发布命令的口吻，但音量压得很低，"这是我老师家，你别让我下不来台。"

谈震还是想了想，然后到屋外，躲着同事给领导打了个电话。几分钟后谈震宣布收队。

他把情况交代了一遍，最后争取到行政处罚的罚款，顶格罚款。

"钱能解决的事，都不是大事。"朱老师对着自己的学生说道。不过看得出来，朱老师和大家一样非常沮丧。罚款虽然是顶格，但这并不伤筋动骨。最令人遗憾的是，这样一来，以后周末大家都不能再来朱老师这里玩牌了——这是来自警官谈震的"警告"。

谈震给在场的人办完一些必要手续之后，带着人马走了。该罚的一个都不能少。

大家意兴阑珊，但也算是虎口脱险。总算不用进派出所。

"我们是被举报了。"刘涛看了看蔫儿掉了的大家，说，"若不是被举报，警察是不可能来这里查我们的。这个我太清楚了。但是一旦被举报，有了备案，警察就不能不来查。今天我们就是被人举报了。"

"可是，为什么要举报我们？谁这么无聊？"

在场几个人面面相觑，但并没有互相猜忌。显然他们都认为自己是"无辜"的。能有谁来举报这样的牌局呢？老朱看着黑色的POKER STAR这几个字，感叹道："多好的桌子。"

老朱的房子是世纪初新建别墅，四四方方、金碧辉煌，远远看去像个高级会所。在周川公路和秀沿路的交界处，它就是一个路标。当年修建它时，老朱在灯饰上花了不少钱。外国牌子不少，一个一个都是老朱自己挑的，连师娘都不能左右他的意志。他希望夜里灯火通明，这样会让人觉得这里很热闹，家里人丁兴旺。买这么好的桌子也是为了这个。

警察收走了所有的赌具。灯是亮堂开着，但老朱觉得这一切都挺暗淡的。

范奇发现桌沿下有被遗漏的十几个筹码，捡起来，玩弄了会儿。

大家都觉得古怪，按理不会出问题的。朱老师虽然称不上在康桥地区有头有脸，也是桃李不少的老教师了，各方面都有点人脉，向来他低调行事，除了喜欢打打牌，没有别的爱好，为人师表，不像是有仇家。

他还真想了会儿，到底是谁举报的？别墅独门独户，没有邻居会因为扰民问题愤而举报；来玩的也都是自己人，向来不接待外人，也谈不上危害社会。输赢肯定谈不上大，一次少则几百，多则两三千，完全在大家一起吃顿饭、喝顿酒的开销范围之内。可是这诉诸法律，确实就是赌博。大家都了解行情。

"曹峰和陆少华先走。我们这罚款，凑的份子，能找他俩要吗？"范奇一边玩着筹码一边想到了临阵侥幸脱逃的同伙，想努力拉同伙一起"负责"。

他们想到了两个提前离开牌局的人。但并没有人对他们产生怀疑。大家只是觉得这两个人都走运，没被抓到现行，没被罚款。

"看来输钱并不是最倒霉，最倒霉的原来竟然是我们。"

"你是说曹峰吧？"

"不然呢？"

"是不是丫他妈的报的警？点了我们？"范奇忽然又猜测道。

"别瞎说。不至于。你看他脸色，应该是身体真不舒服才走的。"师娘为曹峰辩护。

"我看他主要是输了，身体就不舒服。"范奇自觉这个猜测太荒唐，也伤人，赶忙给自己圆场，"妈的，输这点钱，反倒是买了个安全——要不是刘涛在，我们今天可就真的回不了家了。搞不好还得让家里知道。"

"那运气最好的是少华啊，既没有输钱，又没有被抓到现行。"

"还真是。"

到底是谁举报的呢?

"刘警官,你要不问问你那个师弟,问问到底是谁打电话去举报我们的?"范奇说。刘涛想了想,没有答应。他的沉默表示了公务人员恐怕很难出卖这种情况下的线人。"走吧,回家吧。"刘涛说,总算虚惊一场啦,"就当大家都输钱了,警察赢钱了。"

老朱苦笑一声,"也的确是这样。大家回吧。"

7

第二天大家醒来,没发现曹峰在微信群里对昨晚发生的事情有所表态。幸运儿一号陆少华已经表态了,但让他去"忙"吧。接着大家纷纷@曹峰,希望这个幸运儿二号也发表"获奖感言",至少问一些相关问题表达下关心,哪怕是一句,"啊,怎么会这样?"

没有,一次都没有。一个字都没有。范奇已经"拍了拍"曹峰的头像十几次,拍得都有些病态和不耐烦了,但曹峰还是没有任何回应。"打电话吧。不会出了什么事?"

率先打电话给曹峰的是范奇,但是范奇的电话曹峰也没有回应。然后其他人都尝试拨打了曹峰的电话和语音微信，没有结果。

范奇决定让哥哥范军去曹峰家看看，他家距离曹峰家最近。对于这个提议，范军无法反驳，但他要求范奇一起过去。他给范奇打了个电话让他待会儿直接来小区接他。一方面是范军懒得开车，另一方面他新买的车不想在老小区里痛苦地寻找车位，也不想冒被剐蹭的险。曹峰新房是二手房，小区是上个世纪的产物，停车就像一场战斗。范奇一听，也没办法，只好照做。

范军是上个月买的新车，他的梦想之车，细数他这几年来的梦境内容，这辆车出现的频次要远远超过其他任何他迷恋过的东西，包括女人和金钱，甚至也超过海边别墅。唯一让他感觉挫败的是，自己的老婆燕敏并不喜欢坐他的梦想之车。

"这么早，去哪里？"燕敏问他。

"去曹峰那里。"范军回答，但需要一个更合理的理由，"喝会儿茶。"

"这么一大早，去喝什么茶？"范军这个行为当然古怪，平时他这时候应该去公园。

幸亏是周末，这个理由让范军觉得很自然，"范奇开车带我去。"

燕敏一听到是去曹峰那里，反而多了一个问题，"为什么要去他那里喝茶？"

"哎，范奇约好的呀。"范军表现得有点不耐烦，因为他不知道如何正常回答这个问题。他只是想尽快摆脱燕敏的追问，然后开门匆匆走了。他并不想让燕敏知道昨晚发生的事，再问下去可能他会有不自然的反应。

这是他们几个同学共同的默契，不让家里人担心也好，不让家里人责骂也罢。

燕敏的问题其实不止这个，曹峰也没有回她微信，超过十二个小时。她甚至想说自己一起去喝茶，但犹豫了一下始终没有对丈夫提出这个不合时宜的建议。

是一切都结束了吗？燕敏内心狐疑，不会那么快吧？

8

秀怡苑小区地面依然没有车位，不过这回保安指挥他们停地库。也好，正好能看看曹峰的车在不在。范军和范奇发现曹峰的车就停在地库之后，断定曹峰就在家里。至于为什么不接他们的电话，范军猜测曹峰家里除了曹峰之外还有别人，这让范军感到不安。他第一反应是，如果曹峰家里的人是他不愿让别人见到的人，那么贸然去打扰可能是一个糟糕的决定。

"要不算了吧,曹峰大概是真的不方便。"

"再不方便,也可以接我们电话吧。"

"也是。"范军后来又想,此时此刻,曹峰家里就算有人,也不应该是那个人。

范奇知道曹峰那件荒唐的私事,而他哥范军知不知道,他不太能确定。范军也一样,他并不确定弟弟知不知道那件事,不过他一般会装作自己不知道。这样对他更简单一点,只要简单地装作不知道,事情就不会搞得太复杂。

他们敲了敲门,没有人回应。楼道里有人经过时,这哥俩还有一种不自在的感觉。"要不再打打电话吧?"范奇提议。

然后从屋里传来电话铃声,不那么清晰,但足以确认那就是曹峰的手机。

"真的在家啊,怎么就不开门呢?"

"曹峰!曹峰!"范奇带着怒气大喊了几声。就算大喊大叫,依然没有得到回应,然后范奇突然有了一个更好的主意。

"我去曹爸爸家,他应该有钥匙。"

范军突然严肃地看了看弟弟,意识到这可能已经接近他们能想到的最坏状况。

曹爸爸家就在隔壁小区,他一路赶在范奇前面小跑着前进，额头上慢慢积聚了一些汗水。曹爸爸今年刚刚六十，但看这跑步的样子，应该身体非常健康。他打开曹峰家大门，冲进了曹峰的卧室，随后持续了几秒钟的呜咽，紧接着开始了长达数分钟的哀嚎。

并没有想象中那么兵荒马乱，一切都来得太快。

"他妈的，曹峰死了！你这个警察快回来看看。"范军打通了刘涛的电话。这时候他觉得打刘涛电话比打110更符合实际。

"什么？"电话那头的刘涛大惊。他全程看着群里的消息，但从来没有过担心，他甚至觉得范军和范奇兄弟俩有点过于敏感了。不过真没想到，不是自己的同学过于敏感，而是作为警察的自己太没有警惕心。

"快过来。看看情况。"

刘涛一口答应，然后按掉了范军的电话。他仅仅花了十五分钟就赶到现场。但本地警察来得更快，他们已经到位，还是谈震带队。谈震和刘涛四目相对，聊了几句。

在所有勘察工作结束后，刘涛独自在曹峰家小区溜达了一会儿，一无所获。

一天之后，刘涛从谈震处拿到了法医尸检报告。曹峰死于窒息。法医判断，咽喉里的肿块夹杂着少许的痰，是致命"凶手"。排除他杀，只能说是不幸。刘涛翻拍了法医报告，发到群里。

"咳嗽都能咳死人,真没想到。"范军感叹。

其他人都没说话。

9

从一个活生生的人到和所有朋友说再见,一次永诀,原来只需要三天。三天之前,他只是一个经常咳嗽的人;三天之后,他就成了一个黑色木盒里的一摊灰。死亡来得这么猝不及防,但仿佛又是如此不得不"马上接受"。

曹爸爸原本打算托范奇告诉大家,后来还是一个一个分别打了电话:曹峰的骨灰将撒在倪龙江里,所以告别仪式的一部分也会在那里举行。

把骨灰撒进倪龙江,这在康桥这里是个时髦的事情。据说要去政府报批,不过好在朱老师帮忙,审批手续还算顺利。

"他小时候就说过,将来他要'死'在这里。"曹爸爸对大家说。

在曹峰小时候,也就是大家小时候,倪龙江还是一条清澈的河流,到了六七月黄昏,年轻人都喜欢下水来避暑。大部分康桥人也是通过这样的避暑方式习得游泳技能。

白发人送黑发人本就令人唏嘘，曹峰母亲走得早，因此只有一个白发人送一个黑发人，更让人哀叹。

那脊柱已经弯曲的白发人身后跟着一支不大不小的部队，范军、范奇自然也在其中。刘涛在范军、范奇他们身后。康桥五虎，如果算上骨灰盒里的曹峰，那就唯独缺了陆少华。

"陆少华这家伙到底去忙什么了？都没声音的。"

范奇和范军这一回有了默契，他们没去管陆少华到底去哪儿了，只是判读了人与人之间微妙的关系，"看起来少华和曹峰的关系真的不好。"

"是啊，当年……"范奇本来想说的话，话到嘴边马上又吞了回去。在他哥哥面前说这个事非常不合适。他话锋一转，开始夸曹峰，"你说把自己的骨灰扔到这里，这种事还真是只有曹峰想得出来。"

在他们眼里，曹峰一直是个有想法的人。想法前卫的人，并且能执行自己想法的人。交待把自己的骨灰撒进倪龙江，在他们几个里，也只有曹峰想得出来、干得出来。而曹爸爸居然也能同意和支持，只能说有其父才有其子。

他们开始回忆小时候在河里游泳的样子，不过很快就被现实阻止了回忆。

"你看这河，多脏。曹峰是不是有几年没来看过这条河了？如果他看过这河水，估计就反悔了。"范奇摇了摇头。

"该反悔的是曹爸爸才对。你看这河多脏,怎么舍得把儿子撒进去。"

"这么看来,曹爸爸是很尊重曹峰的。哪怕是这样也按照曹峰的意思把这个事情给办了。"

曹爸爸本来个子不矮,这沉痛的打击让他整个人看上去像个矮小的老头。也不知道是不是听到了什么,他抽泣着的当口,咳嗽了一下。

跟在曹爸爸身后的刘涛因此就有了一个发现,他发现曹爸爸一边扯着嗓子哭喊,一边在咳嗽。"曹爸爸怎么也咳嗽了?"他问身边同学。

范军说:"可能曹爸爸在曹峰新家里也待久了?难道是那个甲醛,唉。"范军接了刘涛的话,又转身看了看自己的老婆,问,"哎,你怎么了?"仿佛是关心,仿佛又是提醒。

这么一问,大家都看了看范军太太,燕敏。

从表面上看,燕敏是整个队伍里比曹爸爸更伤感的人。除了曹爸爸,只有燕敏她哭着哭着,能哭出一些声响。被范军提醒之后,她用手捂住了脸。

"嫂子真是的,搞得像是死了自己家里人。"范奇说。他看了嫂子一眼,但他的嫂子并没有注意到范奇的眼神。

范军瞪了一眼弟弟,说:"你懂什么?"

被瞪了之后的范奇发现自己确实说的不妥当、不合适，就闭嘴挨了这顿骂。他认为真正不懂其中原因的恰恰是他哥哥，范军本人。但他始终是弟弟，挨骂也无妨。只是他心里委屈，嘀嘀咕咕，"我懂什么？我又不想懂什么。"

主持人乐嘉说过，外遇的本质，是个人需求无法在婚姻内得到满足。这种需求既包括生理需求也包括心理需求，而且心理需求要比生理需求更普遍、更广泛、更重要。乐嘉是燕敏最喜欢的人，从综艺《非诚勿扰》开始就喜欢，后来又读了他出的书，买了他的课程，自然，也关注了乐嘉的抖音。一个光头，一身肌肉，却如此睿智，如此懂得女人的心思。有一天，乐嘉在抖音上发布了上面那句话，燕敏就把这个抖音视频存了下来，发给曹峰看。

曹峰回复："那你是生理需求还是心理需求？"曹峰晓得乐嘉是燕敏的精神导师，他只是希望有朝一日自己能代替乐嘉的位置。

和燕敏交往，曹峰的内心有一种病态的快乐。他和范军作为同学、作为队友、作为好友，这么多年，却彼此深藏着这个秘密——或许是彼此，或许不是。没有人知道曹峰在年轻时两次闪电结婚离婚之后浪荡了一两年，又回到了起点，这么些年来他一直未婚，甚至拒绝相亲，只是因为燕敏。

回到原点的他有一天突然觉得这就足够了。被约束的病态的快乐，足够了。

"我遇见你，就像遇见了一条臭水沟。"燕敏有一天对曹峰说。燕敏喜欢阅读，小时候喜欢阅读汪国真，后来喜欢阅读岑凯伦，"我以为爱情来了，没想到是一条臭水沟。""有种爱情，是滋生于臭水沟里的水草。"这些都是燕敏在阅读过程中记录的句子，但她故意删去了后面这句的最后五个字，"繁长而腥臭"。

她跟曹峰交往时会读能对照他俩关系的句子，读给自己的心上人听。曹峰对臭水沟这三个字特别感兴趣，"你说我是臭水沟，可是你老往我这里钻。"

燕敏苦笑，然后又狐笑。整个过程转变得特别自然，只有在燕敏这里才这么自然。她在中学里当拉拉队长，给篮球队加油，经常用的也是狐笑这样的表情。她就站在篮球场边上，看着的一直是曹峰，狐笑。但狐笑收到的回应，却来自范军。

那一天，燕敏告诉曹峰，范军出差了。曹峰也从其他途径确认了范军出差，他俩终于鼓起勇气，第一次在酒店的房间之外手拉上手。伴着夜风，他们来到了倪龙江边上。夜风继续吹起，那泥腥味随着飘荡开来。

"小时候这河水挺清澈的，也没啥味道。现在，唉。你说，这难道就是我的味道？"曹峰问燕敏。

燕敏搂着曹峰，轻轻笑了一声，"好闻。"

"好闻？这哪里好闻。你真是变态。"曹峰笑得很夸张。

"你的味道就是好闻。我说好闻就是好闻。"

曹峰无奈摇了摇头，"那你以后来这里看我。天天闻这个味道，好不好？"

"如果方便的话。如果你要我来的话。"

就是这几句因为工业化进程给大自然带来污染导致的调皮情话，决定了未来某一天他们俩见面的地点。

就是今天。

"如果方便的话。如果你要我来的话。"燕敏回想到了自己说过的话，于是哭得不像样。

却没有人再能看到曹峰的表情了。

10

丧事没有大办特办。坊间的传闻，不，是从谈震传到刘涛，然后刘涛通过范军范奇兄弟传出去的可靠消息，是曹峰不明原因"意外猝死"。"坊间的传闻"还说，警察也去看了，查看了附近当天特定时间段的监控，没有疑点。没有疑点就代表没有嫌疑对象，也没有更多线索指向。因此，曹爸爸也没有去哪里喊冤。

一切就这样沉没。

而"头七"很快到了。

"头七"，意味着曹峰离开大家七天了。在民间一直有着这样一种说法，人在死之后的第七天是回魂夜，在这一天死去的人他的魂魄就会被安排再次回到自己之前住过的房子。当晚大家聚在曹峰的新家，期待曹峰回来能看看大家。

曹峰新家的客厅相当大，以至于曹峰的遗像放在客厅里显得不那么显眼。好在他的遗像下面还有一炷香、两盆水果。又因为水果的个头足够大，这才让昔日好友们找到了他。曹峰会不会回到自己家，又是怎样回来呢？会不会此时此刻曹峰就躲在自己遗像的背后睁着一双大眼睛看着大家？待会儿他会不会给大家说个笑话呢？

曹爸爸迎宾送客，面容哀伤，但与此同时他的咳嗽声此起彼伏，这让大家再一次想到了甲醛超标的问题。

"你闻到甲醛的味道了吗？"

"我没有。"范奇像是拥有了一只狗鼻子一样四处嗅，"不对啊，甲醛是有味道的吗？甲醛哪有什么味道？"

"就是家具的味道啦。油漆那种味道，类似的味道。哎呀，那你可能在房间里呆了一段时间了。你等一等，我去问刘涛。"范军说。

刘涛刚来，他和曹爸爸握手，互相鞠躬，然后范军就把刘涛拉到身边。

"刘警官，你闻到甲醛的味道了吗？不是说甲醛有味道，是指有可能包含甲醛的物质散发出来那种味道……哎，反正我就是那个意思。"

刘涛听了半天有点迷糊，表现出来就是一脸惊讶，他眯起眼睛也把鼻梁往上拽了拽，然后摇了摇头。

"但是曹爸爸怎么也咳嗽得跟曹峰一样？一模一样，我观察了，他们俩咳嗽的节奏都是一样的，差不多三十秒咳嗽一次。这也太巧了。"范奇也跑了过来，在一边说。

刘涛自许心思缜密，这样的人也适合发现一些意外和巧合。当然他对范奇的"三十秒"一说并不在意。

大家都开始观察曹爸爸。根据各自回忆，他们并没有曹爸爸是个"肺痨"的印象。也就是说，曹爸爸是最近才开始反复"三十秒咳嗽一次"的。

刘涛意识到这可能是一个谜面。谜底就在下面。

他走回去，再次和曹爸爸面对面。他想仔细观察曹爸爸的咳嗽，并和他印象中几天前曹峰的咳嗽作对比，两者有什么相似之处，或者不同之处？——他努力回忆曹峰那张戴着口罩的脸。或许他对这些差异，并没有十足把握，但他需要这么做，"哎，曹爸爸，你是不是最近感冒了，怎么不停地咳嗽？"

曹爸爸清了清喉咙，好像要点头，但感觉并不坚定。

刘涛继续追问，准备直击命门，"听他们说曹峰生前也咳嗽了很久，这事你知道吗？"

曹爸爸想了想，说："知道的。怕不是我被他传染了吧？"

"那他去看过病吗？"

曹爸爸突然一脸惊恐。他死死盯住刘涛的脸。

"医生有没有给曹峰配过药？"

曹爸爸皱了皱眉头，终于开口问："小涛，你要不告诉我吧，曹峰到底是怎么死的？你是不是在怀疑啥？"

11

曹峰是怎么死的？这是一个谜。现在需要有人解开它。

那天范军、范奇和曹爸爸进入曹峰的房间，发现他四肢绷直，一条毯子仿佛被踢飞过，一半挂在床沿。曹峰整个人僵硬在床上，已经没有了呼吸。没有人破门而入的迹象，也没有搏斗伤痕。床单有些许褶皱，但算不上很严重。曹峰死得可能并不那么痛苦，他只是双手护在自己的胸口。

范军先给刘涛打电话，然后曹爸爸颤抖着双手拨打了110。警察来了之后，调取了小区和附近街道的摄像头，并走访了邻居。可是没有与谋杀相关的任何线索，因此断定曹峰是死于意外，是某种猝死。尸检也只是走了个流程。

曹爸爸痛苦、坚强、悲怆，总是必须开始操办儿子的后事。刘阿姨一直在帮忙，只是刘阿姨见曹爸爸也开始咳嗽，就嫌烦。她没法感同身受，只能尽量试着体会。

"你多吃点你儿子的营养品吧，这咳嗽都快把你的肺咳出来了。不管怎么说，要保重。"

曹爸爸点了点头，就每天多吃一粒。曹峰床头有两瓶"营养品"，都写着英文，其中一瓶的瓶身是一个年轻女性熟睡的样子，另一瓶的瓶身是一个强壮男性和他的肱二头肌。曹爸爸两瓶都吃，后来每次都多吃一粒。

这些日子，曹爸爸每天都会去曹峰家。除了凭吊儿子，他开始吃曹峰留下来的营养品。之前，他只是偷偷吃，现在，所有营养品都是曹峰的遗产，而曹峰没有妻子、没有遗孤，母亲也早已离世，唯一的"继承人"便是曹爸爸。

以前曹爸爸买一点营养品时总被曹峰"批评"，说那些玩意儿，尤其是电视上、报纸上大肆宣传给老年人的那些玩意儿，都是专门定向对老年人的欺诈。换句话说，曹爸爸花钱买的，尤其是花大价钱买的营养品，总是被儿子断定为是一种智商缺陷导致的愚蠢输出。几次努力之后，他渐渐同意儿子的一些看法。他的脾脏和肠胃并没有喝一种药酒而变得更健康。相反，他喝了药酒之后倒是有几次突然的回春，感受到了勃起的滋味。这才让曹爸爸和刘阿姨产生了一些化学反应。

刘阿姨是个相对不那么固执的人，换句话说，更知道随机应变，"既然你儿子说你买的不行，那他自己买不买这些东西嘛。"

"他买的都是外国进口的，我看也看不懂。"

"那外国进口的可能就是好啊。肯定贵多了。"

"价格我不知道。包装上都是洋文，我看不懂。"曹爸爸有一说一。

实际上曹峰买的都是褪黑素，他为了不让父亲担心，就把那些用来关照他睡眠的药物定义为营养品。那一盒褪黑素，一百粒，实际上曹峰只能吃到八十粒左右，其他都是曹爸爸偷偷吃掉的。"吃了我儿子的营养品，睡觉倒是睡得好多了。"曹爸爸对刘阿姨说。

"那看来就是好东西呀。"

后来一盒褪黑素，曹峰发现吃得更快了，因为刘阿姨也加入了分享大军。

但这次，曹峰的"营养品"似乎没有之前有效。曹爸爸非但没有感受到之前的"药效"，反而开始咳嗽。

刘阿姨没咳嗽，因为曹爸爸这次并没有和刘阿姨一起分享儿子"遗产"。

刘涛问曹爸爸："你最近有吃奇奇怪怪的东西吗？比如说……"刘涛也没想好答案。

曹爸爸起初还支支吾吾，后来他想，反正曹峰已经走了，他现在吃儿子的保健品，天经地义，总不见得扔了，浪费了。就说起这个。

"你确定吃的是曹峰的'营养品'？"

曹爸爸点头。

刘涛毕竟是刘涛，他信赖的直觉和灵感那一刻通了电流。他向曹爸爸要走了那两瓶东西。

"你要走这些东西干什么？"曹爸爸不解。

"为了帮你的儿子、我的同学找出真正的死因。"刘涛坚定的眼神代表了他的信念，但他没有说出这句话。

12

刘涛拿着那两瓶药很快让药物学专家朋友鉴定出结果。他坐在办公室前用手机看着同学发来的分析报告。随后，他拨打了对方的微信电话。

张恒，刘涛的警校同学，现在在市警局负责法医工作。他接通了刘涛的通话请求。"那该死的东西，全称就叫利多卡因。"张恒说，"有人在这胶囊里放了利多卡因。你看我给你发的照片，这胶囊上白色粉末状晶体，就是利多卡因。它其实算不上毒药，在医学上就是一种麻醉剂，是可卡因的一种衍生物，可卡因你总是知道的吧，但利多卡因没有可卡因那么狠，没有产生幻觉和让人上瘾的成分。"

"那怎么会？"刘涛看着张恒发来的照片，那细白粉末或者说晶体，看起来就像胶囊发霉、过期了。

"根据你的说法，就是利多卡因把患者喉咙药麻了，表面麻醉，然后人的咽反射会消失，吃什么都呛，表现为咳嗽，长时间就容易引发肺部感染。如果患者不看病，就可能会死。"张恒顿了一下，"原理上是这样，但利多卡因不是直接让人死掉，你明白吗？是肺部感染让人死掉。如果及时就医就不会有大问题，看人了。"

刘涛马上用手机搜索了一下张恒口中的利多卡因，的确如张恒所说。他想，他至少救了曹爸爸一命。他没有救得了曹峰，但这样也算对得起曹峰了。很显然，曹峰是被人用利多卡因"毒死"的。这种手法看起来很巧妙，甚至很有迷惑性。要不是曹爸爸的咳嗽，没有人会想到曹峰服用的褪黑素是被人"加工"过的。

刘涛脑袋里电闪雷鸣，疑云密布。他的第一个疑惑是，曹峰为什么咳嗽成那样也不去看病？按理，这不是什么剧毒，只是麻痹了咽喉，到医院做一些雾化手段就能康复，为什么曹峰没有去医院？这是问题之一。

问题之二，到底是谁要置曹峰于死地，用这种并不常见却又极为隐蔽的方式。曹峰得罪了谁？

刘涛挂掉张恒电话后闭上了眼睛。同学啊，毕竟是同学，他对同学的枉死更有追凶的责任。只是现在对刘涛来说有个难题，想要证明曹峰是被毒死的，而不是死于意外和猝死，那就需要证明曹峰身上有"毒"。

刘涛抿嘴叹了一口气，这口气是从他鼻子里出来的。

糟糕的是曹峰已经被化成骨灰，流淌在倪龙江里。河水早已溶解或者带走了曹峰身体的一切。

这似乎已经成为一道无法被证明的命题。

但刘涛不会这么快放弃。那怎么办呢？

六月，上海午后的阳光已经成年，它从西边射进刘涛的办公室。刘涛彻底闭上了眼睛，进入冥想状态。他让自己全身躺进他自费购买的办公室"超级椅子"——他认为这张椅子很舒服，并因此命名。每当他陷入生活或者工作的难题，就会把自己陷入"超级椅子"，由此觉得踏实。

他断定曹峰是被人"下毒"，以他所了解曹峰的为人，以他所了解曹峰的生活圈子——说实在他并不了解多少。

但这场仗他必须打了。尽管自己现在是被停职状态，但他知道这只是一种表象。既然选择了做警察，就不会因为被停职这种事情而丧失自己的职责。何况，死者曹峰是他的brother。

几分钟后，刘涛已经想好从何处下手。他顺便想到，要去领导那边求求情，如果领导可以特批点什么，给他一点惊喜也说不定。

他又给张恒打了个微信电话。

"张老师，忙不忙？不忙的话，我请你吃个饭，以表谢意。"

"你这家伙，说吧，还有什么事情要为你帮忙？"

"哎呀，张老师就是张老师，我想让你帮我演一个戏……"

"演戏？我这工作可不能开玩笑的，阿涛你别让我为难。"

刘涛说了点他们的警校往事，又继续哄了会儿张恒，最后刘涛说："同学情深。"

配合演戏。理论上，张恒完全可以拒绝刘涛，严格来说这有违纪嫌疑。但听刘涛说了来龙去脉之后，张恒竟答应了下来。"不能出具书面报告，我最多就是当面帮你说几句，反正说几句别人听不懂的话。如果要出具书面报告，你自己去外面搞——但我不建议你这么做，这么做很危险。"

"我这不是曲线救国嘛。"

"阿涛，这个事首先我是相信你的判断。正常人、普通人不可能接触到利多卡因，所以背后肯定有问题。但你现在需要证据，直接证据。"

"张老师，我就是让你帮我找出这个证据。我跟你也是同学，你出事我也会帮你。"

"我能出什么事？你还担心我被人下毒不成？"张恒反问。

"与人方便与己方便，大哥帮忙。"刘涛毕竟有求于张恒，嘴巴也甜起来。

13

刘涛本来是说要接曹爸爸来派出所，但曹爸爸坚持要自己来，不麻烦刘涛。他并不知道刘涛近况，只觉得既然刘涛要帮曹峰，那自己走这一趟还是值得的。

"这也是我同学，我警校的同学，张恒。法医，老法医。"刘涛向曹爸爸介绍张恒身份，然后他转向张恒介绍曹爸爸，"这是我同学的爸爸。曹峰的爸爸。"

张恒从刘涛的"超级椅子"上站起来，对曹爸爸微笑示意，并伸出手表示友好，"曹叔叔好。"

"是不是那些营养品有问题?"曹爸爸直接问张恒,紧接着咳嗽。

张恒点头,但没有继续说那些"营养品"的事,"曹叔叔你是不是咳嗽很厉害?"

"嗯,好像是。可能是我抽烟的关系吧。"

"那要不我帮你配点药。止咳药。"

张恒给刘涛开了小灶。事实上是张恒给曹爸爸开了小灶。他走到曹爸爸跟前,不知从哪里忽然拿出了一把又像剪刀又像镊子的东西,然后他让曹爸爸低一下头。

曹爸爸很配合。随后张恒就顺利"剪"下了曹爸爸的一些头发。他把那几根头发装入一个透明小袋子。这让已经抬起头的曹爸爸感觉非常莫名其妙。

"检查结果明天下午出来。到时候我电话你。"张恒对刘涛说,同时仿佛也是对曹爸爸说。

张恒走时还给曹爸爸开了一些激素类药物和一管喷雾剂,"这么咳嗽下去,伤精神。"张恒说得婉转。

曹爸爸并不觉得咳嗽有多大麻烦,他关心的是别的。张恒走后,他问曹峰:"那些营养品,没收了?"

刘涛说:"那不是营养品,那是送你去奈何桥的。"

曹爸爸没读过书,咳嗽了一下,问刘涛:"奈何桥是什么?"

"曹爸爸,曹峰是被人下毒,毒死的。"刘涛计划要送曹爸爸回家，本来是要送曹爸爸回到家后再说的，但他犹豫了一下，还是决定把这个事先告诉曹爸爸。当然，他有他的目的，他需要曹爸爸帮忙，也需要趁机观察他。

曹爸爸神情恍惚，说："啊，我的天，怎么会啊?"倒退两步之后，他抬头看了看天，"儿啊，你真是作了什么孽?"

曹爸爸当然不知道自己的儿子曹峰作了什么孽，或者说有没有作孽。

"曹爸爸，我要找出是谁下的毒，我现在需要一个东西。但我不知道你还有没有?"

"什么东西?"

刘涛有点难开口，但必须开口，"曹峰的骨灰。如果能有他的骨灰，我就能让刚刚那位同事去化验。如果确认曹峰的骨灰里有利多卡因……"

"什么因?"

"啊，就是毒死曹峰的东西。如果化验报告能证明这个，那么我就可以让同事们立案，就能有办法去找到是谁下的毒。"

曹爸爸陷入沉思。他不知道这时候应该如何回应刘涛，"阿峰的骨灰，都根据他的遗愿撒进了倪龙江。"

"曹峰有遗愿?"

"有，但不在我这里。"

"嗯? 不在你这里? 曹峰的遗愿怎么会不在你这里?"

"嗯。"曹爸爸很为难，仿佛接下去的话不可告人。

"哦，曹叔叔，那你能不能告诉我遗愿的内容？"

"这么说吧，阿峰的骨灰还有一部分没撒进倪龙江。"仿佛是家丑外扬了一般，曹爸爸面露难色。

好极了！这就是刘涛要听到的内容，"那能不能麻烦你让我把那部分骨灰带走，我要去做化验。"

"小涛，能不能，你明天来拿？"

刘涛皱眉，他当然觉得很奇怪，为什么要明天来拿。但他感到不能继续去为难一个刚刚失去儿子的老人。于是他答应了曹爸爸第二天来取。

曹爸爸也拒绝了刘涛要送他回康桥的提议。他说："小涛，不用麻烦，既然我能自己来，那我就能自己回去。你去忙吧。"

刘涛送曹爸爸走出办公室，看着老人的背影晃晃悠悠离去，唏嘘不已。

一旁出现了一位姑娘，喊了刘涛一声，"师父，你今天怎么来所里了？你不是休假了吗？"

14

曹爸爸既不知道"奈何桥"，也不知道利多卡因。他确实没读过书，但是这些年，政府仿佛为了弥补过去政策的一些漏洞，或者干脆说感谢上一代人为这个国家做出的贡献，给予了本地人尤其是本地老人很多优厚的医疗保险政策。今年刚刚六十出头的曹爸爸看模样是个老年人，看步行体态应该还是个中年人——这是指曹峰出事之前。曹爸爸的医保卡，对这一代人来说，是一种延年益寿的保证。不用担心生病，也不用担心高昂的医疗药物费用。他那次摔伤，在医院支付了二十万，报销了十四万，政府还扶助了四万，也就是说，前前后后只花了两万。全拜这张医保卡所赐。

而曹峰就没那么幸运，他很早就把户口移出，成了另一个区的集体户口之一，号称农转非。非，是指非农业户口，以前是好事，现在则是弱势，因为户口已经迁出，成"非"，就不能享受本地非常优厚的医疗政策了。加上曹峰这些年没有正经工作，收入全靠炒股——导致他已经很多年没有参保城镇医疗。曹峰没能享受本地医疗的很多保障，但他还有一个老爹不是？他可以用他爸爸的医保卡去药房买药，这一点让他彻底放弃了自费参投医疗保险的念想；也让他在咳嗽时，只是胡乱吃了一些"寒喘祖帕颗粒"之类的药，虽然并不起什么作用。咳嗽加剧，久病不投医，他没有战胜利多卡因，他死了。

晚上，曹爸爸独自一人来到范军家楼下。都是乡里乡亲，曹爸爸认识曹峰这位同学的住处。伴随着周遭持续的虫鸣，顶着一轮皓月，曹爸爸几次想上楼，但几次都退缩了。看起来这个老人正在作内心挣扎，他穿着宽大的衣服，来来回回在宁怡苑绕了好几圈。

九点半，小镇生活结束得早，这幢楼里灯火陆续熄灭，曹爸爸估计也是逛累了，突然蹲在台阶上开始掉眼泪。但他哭并不是因为身累，而是心酸。"儿啊，你怎么就这么走了。老爸对不起你啊！"曹爸爸呜呜呜的，一会儿就把声响压得很低。

他现在非常后悔让曹峰把新房写在自己名下。自己又有多少年可活？儿子却先走一步。新房写在这样一个老头子名下，又有何意义？

曹峰的新房全款买下的，曹爸爸出了绝大部分钱。但曹爸爸知道儿子和一个有夫之妇来往后，坚持让曹峰在房本上加上自己的名字。曹峰为此很生气，他说："不用加你的名字，就全写你的名字。"曹峰说到做到，曹爸爸的目的达到，但却失去了儿子的信任，换来儿子的仇恨。本来，这就不是曹爸爸真正的目的，甚至只是一种气话以及一种规劝。

范军家在三楼，曹爸爸抬头看来看去，恰好看见范小毛露出一个脑袋。

那应该是曹小毛，曹爸爸心想，眼泪忍不住又掉了下来。

这是最近十天内燕敏第二次单独见曹爸爸。第一次是曹爸爸从火葬场回来，按照风俗惯例，曹峰的骨灰要在自己家里待一天一夜。这二十四小时，曹爸爸守着曹峰。

守灵这件事，本来是曹峰要为曹爸爸做的，现在却是父亲守着儿子。燕敏敲门时，曹爸爸愣了一下，那已经是半夜了，谁会半夜去打扰一个守灵人呢？

刘阿姨开了门，看见是燕敏，也露出惊讶的表情。曹爸爸相反，看见是燕敏反而不惊讶了，他对燕敏点头示意，让燕敏进来坐。

燕敏缓步进屋，红肿的双眼代表她也很伤心。

"这时候出来不要紧吗？"曹爸爸问燕敏。

"就出来一会儿，待会儿马上走。"燕敏答道。

燕敏递上一张纸，看着是从笔记本上扯下来的一页。她给曹爸爸看，那是一张曹峰手写的纸。

我的骨灰，请撒进倪龙江。

如果燕敏需要，也可保留部分。

臭水沟，曹峰。

这是情人之间的游戏。当时在倪龙江上燕敏要求曹峰写下的。"我包里带了笔，你口说无凭。"燕敏对曹峰说。

"写就写。"曹峰说。月光让曹峰的字歪歪扭扭，但足够看清楚那是属于他的誓言。

这张纸让燕敏藏了没多久，但藏得很费心思。她既觉得这张纸价值连城，也觉得这张纸后患无穷。

好在，这张纸，今天就可以阅后即焚。

曹爸爸确认了纸上的内容，也确认了是儿子亲笔之后，接受了这一切。燕敏把纸收了回来。她走到曹峰遗像下，两支蜡烛还在燃烧，她向其中一支蜡烛递上了这爱情的誓言。燕敏很小心地做这个动作，因为纸的灰烬她也用手捧着，然后抹在一起，归入一个香囊。

"叔叔，给我一点，留个念想。"燕敏继续张开香囊口子，指着骨灰盒。

曹爸爸咳嗽了一声，站起来，打开骨灰盒。

没想到第二次见面，曹爸爸就是来要回曹峰骨灰的，这出乎燕敏意料。

曹峰的骨灰被制成香囊之后，燕敏随身携带。她还会时不时闻一闻，原来人的骨灰跟草木灰有很接近的味道，不过燕敏还能从中闻出泥腥味。那就是曹峰的味道，她想。闻一次流一次泪。不过她都得等范军上班时，还得提前。眼睛不能因为流过泪留下痕迹，她有不错的眼霜，但也不能多用。"全都给你吗？"燕敏问曹爸爸。

"嗯，全给我吧，让他们取一点，我再争取要回来还给你。"

"里面还有别的东西，我放了一些别的东西。要紧吗？"

"我不知道，应该不要紧吧，他们应该有办法。"曹爸爸说。曹爸爸没有读过书，但他相信人民警察。

"他们？他们是谁？"

曹爸爸说出了刘涛的交待。昏暗的路灯闪烁不停，可能是线路坏了。燕敏双眼也在闪烁。交出香囊之后，燕敏很快回到家里。范小毛的饭还没有吃完，而范军就快回来了。

范军是一个国企干部，主管人事。主管人事的活儿忙起来很忙，闲起来那就是完全没事干。在不忙的日子里，范军每天一早上起床、吃早饭、带早饭、去公园、回家，然后开车上班，一杯茶、一张报纸——后来改为抖音。一杯茶、一部手机、一款软件，能让范军很快度过早上的时光。

他发现抖音上有趣的内容，就会转发给抖音好友，其中自然包括范陆曹兄弟会，也包括自己的家人，比如说燕敏。和兄弟们讨论女人和车，和女人讨论孩子和菜。说是讨论，实际上是"分享"相关的视频。

这一天，他看到的新闻是"游族网络董事长林奇遭投毒不幸去世，年仅三十九岁"。这都不算新闻了，只是范军刚好又刷到。千人千面的大数据，或许是范军最近这一类新闻看多了。他坐在车里看了视频里的内容，仿佛想起些什么，马上转发在那个还有曹峰微信的微信群里。

"你们说说曹峰是不是也是被人投毒的？"范军问。

刘涛刚好正在重看张恒给他的检测报告。他想都没想，直接回复范军的疑问："是的。"

看到刘涛的回复，范军皱了皱眉头。果然。

15

回复完范军消息之后，刘涛把顾湘叫到办公桌前。"你把这几个人都帮我查一下，所有的信息，能查的都查。"刘涛写下了当天晚上和曹峰一起打牌所有人的名字。

朱老师、孙老师、范军、范奇、陆少华。等等。他想了想，没有把自己的名字写上去。

他问过曹爸爸，曹峰跟谁玩得多？

"他就跟你们几个同学，去朱老师家里玩牌，玩得多。"随后曹爸爸还补充了一句，"但他说不打算玩下去了。他好像说过，他要去做一件有意义的事。"

"有意义的事？什么事？"

"他没跟我说。"

刘涛脑子里复盘着五月二十八日黄昏去康桥的过程。他还记得那天手机音乐软件播放的是那首歌,费翔演唱的《故乡的云》。刘涛按了启动,继续播放费翔《故乡的云》。不是每次回乡都要听这首歌,恰好那天软件推荐到这一首。歌词应景,触歌词生情:"我曾经豪情万丈,归来时空空的行囊。"现状比歌词还严重得多,刘涛想。他老婆——至少现在还是——把他和顾湘的一些聊天记录打印了厚厚一本,送到他领导的办公桌上。他什么都没干,聊天是聊了,但同事之间不聊天也太奇怪了。他老婆喜欢无事生非,在刘涛眼里就是这样。

顾湘是办公室新来的实习女警察,跟刘涛,喊刘涛师父。刘涛也算是有先见之明,根本没把收了一个女徒弟的事告诉张鑫。但张鑫就因为这个感到诡异,继而起了疑心。

然而,刘涛休假的真正原因并不是这件事。

他面临几种情况:第一,老婆要跟他离婚,他希望拖字诀;第二,领导让他休假,表面上是因为张鑫的"报告",甚至张鑫也这么认为,但他知道这是领导顺水推舟对他的保护。

两周前那个下午,领导喊他去办公室。他刚坐下,领导就拿出一封信,"有人写信,说你在11·26纵火杀人案中和嫌疑人有利益关系,和受害人也有牵连。上头要查,我拦不住。刘涛，你先休息一阵子吧。"

刘涛当场就懵了。他希望领导能信任他，"领导，在那起案件的侦办过程中，我没做违规的事。"

领导质问："那你说，你有没有包庇自己的妹妹？"

有。刘涛知道。但他首先是因为信任自己的妹妹。他的妹妹当时也被列入嫌疑人名单，但他想办法帮妹妹摆脱了嫌疑。于是刘涛只能沉默。

"另外，那封信里，也提到你去娱乐场所消费……"领导叹了一口气，仿佛他并不愿意说出这些。

这时候刘涛只能认了。他知道，上面如果没有足够证据，没有足够把握，不会这么安排他"休息"。刘涛深知作为国家公务人员去娱乐场所消费是不合适的，是在系统内被严令禁止的。

但那次王全叫他吃火锅，喝了点酒之前，他并不知道待会儿他们要去的地方是一个叫梦辉的KTV。即便喝了酒，他也知道他不该去。但他喝醉了，失去了对自己身体的控制。

王全，真是个坏朋友。坑害朋友。

但王全也是个好朋友，"如果你停职了最近没事干，就来我这打牌吧。反正，你也喜欢打牌。"

第二章

FLOP · 翻牌后

16

王全是刘涛的老友。他们最早认识时彼此身份是笔友。每个月互相写信,互相等待对方来信,写的是上了什么课,和同学说了什么话,说了同学什么坏话,未来想做什么,来生想做什么。千奇百怪,无所不谈。天真。就这样写了三四年。然后王全读了高中,刘涛上了警校。然后他们彼此写信相约,见一次面。

见面地点是在人民广场的"心约"红茶坊。两个年轻人面对面坐着，聊了一会儿篮球，但王全不打篮球，于是两个人只好聊甲A联赛，接着就开始尴尬起来。

他们邻桌是一群中年人，在打牌，这吸引了他们的注意。

"你会打牌吗？"王全问刘涛。

"会，当然会。"刘涛爽快地回答。

十多年后，王全已经成功建立了自己的设计公司，事业稳中有升。虽说中年这个词还与他没关系，但他人胖了一些，爱好依然是打牌。

王全为了使他的牌局安全，可谓想了一点办法。他咨询公司雇佣的法律顾问，问："如何规避法律风险但是又能和好友们经常在一起打牌？"

"你们是金钱交易吗？"律师问。

"当然，不赌钱，打牌意义何在？"货币是工具，从来都是。能让人快乐的工具。

"是每一场都有金钱交易吗？"律师又问。

"是的，现场结算。"

"现金还是微信转账？"

"现在谁还带现金啊，当然是微信转账。"王全肯定。

"那证据确凿，赌博无疑。"律师定了性。

这才刚跟律师聊几句，王全先生就有点泄气了。但是律师非常周到，提供了更细的数据。"赌资流水五百元以上，就算赌博，处五日以下拘留或者五百元以下罚款；情节严重的，处十日以上十五日以下拘留，并处五百元以上三千元以下罚款。"虽然对面打出这行字，但对王全来说，感觉更像是听法官念出来的。

"这么严苛吗？"这完全超出王全想象。在他咨询律师之前，按他赌资的累计金额，早就够判十年以上。

"如果你提供场所，就算情节严重。是在你公司里玩牌吗？"律师说出了王全的计划。

王全闭着眼睛、皱着眉头，仰天长叹，"就没别的办法了吗？"

"办法当然是有的。"律师在那边打出了一个狐狸的表情。

王全马上就打出他经常使用的四个字："愿闻其详。"

律师指导，法律意义上的赌博是指利用工具现金交易，但棋牌本身只是游戏，"你只要把赌注换了。"

"不赌钱？"

"不赌钱你能接受的话最好，但恐怕你不行。"律师说，"赌钱，但跟游戏分开。比如说，你们赌吃饭埋单，这个从法律意义上就很难严格判定赌博了。"

律师确实厉害，他最后建议王全先生收取常来的玩家每个人一万元吃饭娱乐基金，"每一次，输家不用支付。

赢家从基金里提款。"

"提款何用？"律师问王全。

"下次埋单。哈哈哈。"王全冰雪聪明，但并没有下次埋单这件事，"这样规避了风险对吗？"

"没有百分之一百的安全，我作为律师，只是钻了法律的空子。但你要明白，你的所作所为就是触犯法律了。法网恢恢，疏而不漏。'疏而不漏'，你能读懂这四个字吗？"

王全先生素来谨慎，他去网上查了这四个字："天道公平，作恶就要受惩罚，它看起来似乎很不周密，但最终不会放过一个坏人。"但我不是坏人，王全看着上面这行字自我安慰道。这种自我安慰非常孱弱，但也有效。

王全把办公室搬到苏州河边上之后，前来拜访的客人们每次都要夸奖景观一级棒。他是设计公司，当然崇尚美。

"你这个办公室特别大啊。"

"大吗？我其他地方更大。"王全开玩笑道，他什么话都能整出一点幽默感来。荤段子当然是男人之间默契的幽默感来源之一。

"可以摆一张德扑桌了。"对方提议。

那时候王全刚从香港地区回来，他在香港朋友家里认识了这个游戏，并且爱上这个游戏。于是，王全马上订购了一张价值不菲的POKER STAR德扑桌。在他还没有咨询律师的情况下，他并不觉得这是一个危险行为。

确实很合适。当桌子搬进王全的办公室时一切显得合理自然，有句话叫巧夺天工。对着苏州河、喝着威士忌、打德州扑克——王全想象着朋友们欢聚一堂其乐融融的场景。在朋友们踊跃报名下，有法律顾问的循循善诱，王全德扑局慢慢成为朋友们周末消遣的主要方式。

"文化人毕竟是文化人，亏你想得出。"在得知王全关于大家赌资如何结算的建议后，友人夸赞了王全的周全，"王全王全，果然周全。"

"这可不是我想出来的，是律师，我们的好朋友，是他帮我们想出来的。刘警官，你说对不对？"

他和王全很久不见了——也没有多久，上一次见面在梦辉。"你把我害苦了，哥们。"刘涛抱怨。他把梦辉纵火案和他们一起去梦辉消费这两件事结合起来，加上前因后果，导致他现在暂时"休息"，都一股脑儿说给王全听。看着刘涛沮丧和失意落魄的样子，王全怪自己给刘涛添了麻烦，"那你现在不做警察去破案，岂不是很无聊？"

"到处找朋友吃吃饭聊聊天。"刘涛夹了个菜，"也蛮好的。"他说。

"你会打牌吗？"王全问刘涛。

"会，当然会。"

"德州?"

"嗯,会。"刘涛确定。

"可是,你毕竟还是警察啊。"

"警察就不是人了吗?警察就不能跟朋友打打牌了吗?何况你的防范措施做得这么严谨。"

"天网恢恢啊。"

"别扯淡了,你就说带不带我玩吧?"

"你真要玩也不是不行,就按照我们的规矩来,入会费先交上啊。"

"你这问题就严重了,勒索警察。我一个国家公务人员,就想玩牌,你居然让我交钱?"

"别别别,刘警官,自己人。"王全笑嘻嘻地说,"但是今晚人满了,真不好意思,刘警官明天来吧。"

"我去,生意这么好?"

"人丁兴旺。"王全说,又补充了一句,"小本生意。"

"你可真别拿这个做生意。"刘涛提醒。事实如此,朱老师的牌局被举报之后,要不是当天他在场,以罚款了事,朱老师会被逮进去也未可知。刘涛只是不希望王全重蹈覆辙。

王全随后乖乖把刘涛那一份入会费用微信转给了老迟。老迟负责王全牌局的账目和财务,每个月谁能从老迟这边领走多少钱,老迟记得清清楚楚。

老迟一开始觉得麻烦，他说这有啥区别，一样是赌博好不好。但王全拿出了律师的建议，以及大型国内棋牌比赛的通用做法之后，老迟还是将信将疑。后来久而久之也就习惯了。他以俱乐部CFO的身份参与游戏，得说也是拿到了一些好处——一些牌友的尊重。当然这其实因果错位，王全就是看上大家都比较尊重老迟的缘故，才把这个任务交给老迟。

当晚，王全问刘涛的最后一个问题是："如果警察真的来了会怎样？"

刘涛说："就交点罚款。放心，只要没人举报，你不从中谋取利润，仅仅是熟人朋友的局，没事的。"

"真的没事？"

刘涛说："真的有事，但你到底还想不想打牌？"

17

当晚的牌局人确实已经满了，都是王全的朋友，商人、演员。德州扑克作为社交游戏，链接最多的就是老板和明星。

酒足饭饱之后，他们从城市四面八方向这座苏州河畔的远东第一公寓聚拢来。为了玩牌，为了赌博，为了在赌博中可能产生的一些小概率事件带来的兴奋和雀跃。

落座后，牌局里最大的明星是海涛，他第一个发话："啊，今天荷官没来，正好能省点小费。"看上去他很在意给出的小费，但只有他说这句话才会有点幽默的效果。一个有钱人在乎小费，这就很幽默、很搞笑。

"谁说珍妮不来？"王全笑嘻嘻地说。

叮咚一声，门铃恰好响了。海涛笑了，王全也笑了。荷官总是严谨，准时也是必备的素质。

"是你今天到早了，海涛。"王全说。

"是，是，我错了。"海涛笑嘻嘻"认错"道。

在王全这里，他们习惯打六人桌。六个人，大家就可以放宽自己的手牌范围，玩更多的牌，也会出现更多精彩的对弈。打牌打的是人与人之间的化学反应，但需要一个"裁判"和"球童"帮忙，那就是荷官。荷官俗称发牌员，但王全坚持要把香港那边的叫法沿用到他的会所里来，"荷官是赌场游戏里的主持人，他决定了赌客荷包的大小，所以他们叫荷官，荷包的官儿。"

今天的荷官珍妮皮肤白皙、鼻梁挺拔，但在她身上最挺拔的部分自然也是男性朋友们最关心的部分，并非鼻梁。没人知道珍妮是隆过胸的，哪怕知道也没事，绝大部分男人只在乎外表，并不在乎内在。

珍妮三十岁了，但你看她的感觉还是二十出头的样子，皮肤不仅白还很细腻。微卷的头发，黑色，符合东方人审美。尽管牌友们在网上经常看到日本女优在线裸体发牌，或者在欧洲的赌场里金发碧眼女郎的魅惑，但珍妮依然符合王全俱乐部几乎所有人的口味，甚至包括见惯了娱乐圈女艺人的海涛。"她有种邻家妹子的亲切。"海涛这么评价过珍妮。

在王全安排下，牌友们在赢得一个很大的底池时都会给珍妮很多小费。有时候是一两百，如果是一般的底池，可能就几十块。一个晚上，珍妮发牌可以得到几千元的报酬。如果算时薪，大约五百一小时，是个很不错的工作了。这是珍妮喜欢在这里发牌的原因之一——大家这么猜测。但珍妮知道不是这么回事。现实是，几乎每次王全叫珍妮，珍妮都会来。

海涛赢最多的一次，他说："我今晚给珍妮的小费应该足够带珍妮回家了。"在场只有海涛说这话大家不会觉得不适。因为海涛是一个喜欢男人的男明星，所有人都知道这一点。海涛也确信大家知道这一点。如果王全这么说，或者其他人这么说，可能是要被当真的。不是被珍妮当真，是被其他人当真。

珍妮一贯没有接话茬，她依然还是那句一晚上得重复几十遍乃至上百遍的"谢谢老板"。

"你下次能不能换个欢迎语？"王全对珍妮机械化的

"谢谢老板"看起来不是很满意。

"要么,'恭喜发财'?"

"哪怕'生日快乐'也行。"王全不单对设计美学敏感,他对语言和文字也非常敏感,可能两者是相通的。大家都知道这一点。

"俱乐部的WIFI密码,是'你的生日',全拼。"这是一个文字游戏。每每有女孩来访,问王全:"你这的WIFI密码是多少?"王全总是说:"'你的生日',全拼。"女孩们一听,双眼发光,仿佛她就是王全的白雪公主。

"'你的生日',全拼。"王全每次都需要这么重复着解释,他愿意这么解释,一边解释一边观察女孩们从喜悦到惊讶到略微失落的表情变化。有些女孩比较笨,会问好几遍:"我的生日?你居然记得我的生日?"

"'你的生日',全拼。"王全这时候就会因为女孩的愚笨而显得意兴阑珊。

只有珍妮,在王全说出"'你的生日',全拼"之后,完全没有误会,也没有撒娇,直接就连上了王全的WIFI。这让王全甚至有点难堪,"你怎么这么聪明?"

"有点聪明过头了是不是?"珍妮微笑着回应了王全。她知道在这里,如果有什么人必须取悦,那就是王全,介绍她来这里发牌的人早就对珍妮交代了一切。

王全喜欢珍妮,就因为珍妮是一个聪明伶俐的女孩。

这也体现在她发牌几乎从不出错,数筹码、算底池,都是百分之九十九以上的正确率。

这一圈牌发完,大家说要一起吃点夜宵,顺便休息一下。作为荷官的珍妮坐在原地,她不饿,或者是要减肥。大伙吃着、聊着,忽然珍妮发问:"你们这里谁女朋友最多?"大家嘻嘻哈哈指来指去,最后得票最多的是老马。老马是广东人,做生意来到上海,生意后来不怎么样,但是感情的生意越做越大,直到跟家里太太闹崩了,老马搬出来住。他们经常开玩笑,要是不打牌,老马身体早就垮了。

一旁的陆少华今天赢了不少钱。赢钱能让人上瘾,但陆少华在很久之前,甚至在没有赢钱的情况下就对赌博上瘾。他认为在赌博这件事上,自己有天赋。如果赢了,天赋起了作用;如果输了,那就是运气太糟糕了。

他给王全发的消息,最后一句话永远是,"有牌局叫我。"

18

陆少华是怎么认识王全的,恐怕刘涛自己都忘记了。那是在刘涛和张鑫的婚礼上。他俩在同一桌,互相自我介绍，"我是刘涛的笔友。"王全说，"现在开一个设计公司。"

"你就是刘涛那个笔友呀。"范军像是发现了一个秘密似的。

陆少华也记得，刘涛在中学时向他们介绍他的笔友，"每一次，我那个笔友都会用非常好看的信纸给我写信。"

"男的女的呀？"

"男的，但我怀疑他是个女的，哈哈哈。"刘涛开玩笑说。

陆少华看了看信纸，确实很像女孩会用的那种。如果是个男孩用这样的信纸，只能说明这个男孩的审美非常超前。陆少华就是这样一个人，他用的笔、用的书包，都是同学之中至少都是男同学中最好看的，但这并不能吸引到同学至少男同学的目光。陆少华并不介意，他习惯了这群没有审美意识的同学的普通。直到他看见了刘涛笔友给他写的信、用的信纸，他才意识到那个人才可能是自己的知己。

这个知己，相见晚了。

但也不算晚，他们当天交换了微信。陆少华难得地热情和主动。随后几年，他们成为微信好友，并时不时为对方朋友圈点赞。他们值得互相这么做。再之后，陆少华成为王全现实朋友圈的一分子，继而进入了同一个牌局。

"少华,今天你赢了真不少,明天我让个老朋友来收拾你。"王全在牌局就要结束时宣布了明天的人员安排。

"谁?老朋友?"少华抬头看了看王全。

"对,你的老朋友。"王全微微一笑,故作神秘。

刘涛在王全的牌局遇见陆少华时还是装作颇感意外,两个人都装作"颇感意外"。

"王全说有个老朋友,我就知道是你。"陆少华想了想,确实也只有刘涛能担得上这三个字。

"又见面了。"刘涛坐下来。他故意坐在少华的对面,这样他就能更好地观察少华。

"刘警官也迷上打牌了?"

刘涛笑笑,说:"闲着也是闲着。"

但刘涛知道,他这是在工作,于是随即追加了一个苦笑。

"都说你最近在忙,没想到你只是在打牌。"刘涛呛了一声陆少华,不过陆少华没有接招。陆少华很忙,但没有人知道他在忙什么,他也不想让别人知道。

在王全的牌局上,只有刘涛是第一次体验真正的荷官。哪怕师娘发牌很利索,但是相比之下,师娘她对位置、筹码、每一轮下注之后的节奏以及整个牌局的安排,都不如眼前这个真正的荷官周全。

"茉莉。你叫她茉莉就好。"王全介绍。

"你的荷官朋友可真多。"海涛笑着对王全说。

"我的明星朋友更多。"王全回复海涛,海涛就是王全的明星朋友之一,他多次上了综艺节目,"走在路上需要戴口罩"。

"偶尔不戴也行。"王全介绍给新朋友时会用上面那句话,但海涛总是这么接。

明星是一个生动的词,明亮的星星,意味着谁比别人更引人瞩目谁就是明星。今天这个牌桌上的明星,是茉莉,她吸引了最多的目光。茉莉除了发牌,其他时间总是甜甜地笑着。一头长发盘在脑后的她穿V字领的衣服,应该是一种习惯。因为她只要这么穿,总是会被男性同胞们的赞美所奖励。

他们聊起另一个荷官,也是茉莉的朋友。或者说,茉莉是她的朋友。茉莉是来替珍妮的。茉莉只是今晚的临时荷官。

"还是珍妮发牌发得好。"海涛说道。今晚,茉莉就给他发了一次AA,还被BAD BEAT(小概率倒霉的牌)了。

"我乡下同学开始打牌,他们也请荷官。有一个荷官好像也叫珍妮,不知道是不是同一个珍妮?"刘涛说。

"当然是一个啦。"陆少华解答了刘涛的疑惑,"我觉得珍妮发牌发得特别好,就介绍给朱老师啦。"

"可惜。"

"可惜啥?"王全问,"珍妮怎么了?"他还以为珍妮今天不来发牌是因为出了什么事儿。

"不是可惜珍妮。"陆少华说。

"嗯。"刘涛附和。

"那到底可惜啥?"王全比较关心珍妮。

"是因为朱老师那边的局被警察给端了。"

"真的假的?"王全大惊。

"真的,当时,我跟刘警官都在。"陆少华指了指刘涛。

刘涛努了努嘴,表现得并没有那么在意。

但这件事对有头有脸的明星和老板们来说,是个警钟。陆少华这话刚说完,牌桌上乃至整个房间内的空气开始凝固。

窗外就是苏州河,远处是陆家嘴的东方明珠和"三件套"。一片霓虹。只有这样的美景,才让气氛渐渐又热乎起来。

稍后,陆少华仿佛意识到自己扫了大家的兴,说:"不过警察没把我们拘起来啦。"他这种强颜欢笑的努力得到一些反馈。刘涛用大拇指指了指自己,配合陆少华的计划,"我在。能说上话。"

"但你们朱老师家里都会被警察扫?"王全突然担心起

自己来，他看着刘涛，"你也在？你在他们都来？"

刘涛只是继续看着手里的牌。

"那你这个警察怎么当的？"王全像是质问犯人一样。

"珍妮呢？"王全又转向陆少华。

"珍妮没事。她那天正好没来，师娘帮我们发牌的。"陆少华说。

后半场确实沉闷很多，哪怕王全作为东道主已经努力让大家放轻松，很多朋友已经无暇牌局，牌局于是草草收场。

陆少华这次还是赢钱了，虽然赢得不多。他已经非常高兴在如此低沉的人生中，找到了一件能令他整个人兴奋、雀跃的事，尤其是在连续赢了几次小钱之后。老迟在微信对话框里已经连续三次给他转账。

陆少华可能是所有牌友中对待牌局最有热情的一位，这源于他对数学的自信。德州扑克，就是一种概率游戏，他对此深信不疑。他甚至计划去打德州扑克的锦标赛，他幻想他能夺得比赛的桂冠，赢得丰厚的奖金。奖金，那是他更需要的东西。"以后靠打牌为生也不是一件坏事。"他想。夜里，他长时间开着电视机，看着各种各样关于德州扑克比赛的直播或者录像。他很喜欢屏幕上那个荷官，染黄的短发、戴着一副金边眼镜、唇红齿白的模样，就像他的梦中情人3D打印出来一样。这位荷官花名叫"血手无情",代表她在牌局中总能给牌手们发出那种 COOLER 的牌。你躲也躲不掉,牌手双方会因为"血手无情"发来的牌倾尽所有的筹码与对方博弈。GAMBLE(赌博)。

"血手无情"也是众多牌友津津乐道的荷官,直播弹幕中常常讨论她多于讨论选手和牌局的。作为颜值最高没有之一的荷官,她还被主办方信任和热捧。她一直是在 FINAL TABLE 中担任发牌员,是的,她还能决定谁将获得一场千人锦标赛的冠军。

陆少华也关注这些 FINAL TABLE 的走势,但在深夜,他对"血手无情"的用情更深。每当他看完比赛直播或者录像睡不着觉,他还会对着"血手无情"发来的视频自慰。尽管视频里几乎没什么可刺激的,但陆少华已经无数次借助那段视频使身体陷入筋疲力竭的状态,从而进入梦乡。

19

刘涛错过了和珍妮的"初次"见面,不然他本可以少绕一些圈子的。但今晚珍妮确实有其他的事。她并不是故意躲着刘涛,她甚至不知道刘涛已经来到这个牌局。

"虽然不是你发牌,但我今天还是赢了。"结束这个牌局后，恐怕只有陆少华心情是好的。他给珍妮发去微信。

"哦，赢了多少？"珍妮回复。

"不多，三千。"陆少华很得意地报出了数字。

"那你可以给我买个礼物了。"珍妮说。但珍妮知道陆少华会推脱，她是少有几个知道陆少华经济拮据的人。不过她比另一个人多一个角度。另一个人已经死了，他知道陆少华经济拮据是因为陆少华找他借过钱，而珍妮是通过牌局。在牌局上，她能看出每一个打牌人身上大约有多少"零花钱"。用德州的术语来说，她能从每一个打牌人下注的表情、下注的尺度看出他经济状况是否良好乃至优越。不用自报家门，珍妮能大体判断每一个人身后的BANKROLL。

珍妮最先看出陆少华的状态有问题。他想赢怕输，在大池的对弈中，常常并不享受博弈的乐趣，他会紧张，嘴角颤抖，甚至手心出汗——如果珍妮那时候去摸陆少华手心的话。BANKROLL紧张的人总是对博弈结果过于懊丧或者过于兴奋，陆少华就是这样。这就是赌徒，而且是贫困潦倒的赌徒的特征之一。

"我请你吃夜宵吧。"赌徒在汽车里，对着手机用语音说道。

珍妮是陆少华介绍给王全的，于是珍妮才有了这样一份收入稳定的"工作"，尽管王全更像是珍妮的老板，但陆少华和珍妮私交并不薄。珍妮喝着一口蜂蜜百香果茶，擦了擦嘴，她刚刚吃完两斤小龙虾。然后她对陆少华说："我说句你不爱听的，你不能赌了。"

陆少华诧异地看着对方，并且拉长了脸，"确实不爱听，我赢着呢，你怎么回事？"

"我觉得你不适合王全他们这个级别的游戏。朱老师那个还可以。听说……？"珍妮仿佛想试探什么。

"为什么？我数学很好。你知不知道，从小我数学就非常好。我的数学拿过很多奖。"陆少华没有注意到珍妮话里那两个字"级别"，也没有留意到珍妮的试探之意。

"但是赌博不是数学，不光是概率，它总体而言是一个 BANKROLL 的游戏。"珍妮说，"你没有足够的后备资金。王全自己开公司的，生意做得挺不错的吧。海涛接一个广告，就够他在这里打一年了。"

但陆少华不认为珍妮是在帮他。他相信自己，相信自己的数学天赋，也相信自己的勇气。他相信自己会长期赢钱。尽管他好几次因为不够勇敢，错过收获一个个大池的机会。尽管他赢，都只赢可怜的一两千。这就是珍妮说的，陆少华缺少 BANKROLL，所以他输不起大的。输不起大的，那就意味着你赢不了大的。在珍妮眼里，陆少华是一个谨慎的玩家，但并不是一个好玩家。谨慎的玩家，在德州扑克中只能赢小，害怕输大。若不是少华帮他介绍牌局的工作，她本可以不说这些的。

"哎。"珍妮叹了一口气，然后自言自语道，"赌博就是这样。"

"你怕我输？"

珍妮却说："我不怕你输，以你打牌的风格，你输能输多少，我只是怕你赢。你这样赢了几次，你就会 TILT（德扑术语，意为上头、昏头），然后你会输很惨。"

陆少华看上去有点不高兴，不过珍妮并没有在乎这一点。陆少华是在王全那边赢了几次，但他在线上输了很多，他保守着这个秘密。他总是希望维持"朋友们"对他的评价："德州的鲨鱼"。

珍妮的判断是非常有依据的。因为曹峰对她说过，陆少华找他借钱，借了几次数目不小的钱。但现在曹峰死了，被人毒死了，珍妮再也没办法从曹峰那边听到陆少华什么消息了——她没打算知道更多，就她目前掌握的信息，足够她开始自己的行动。

只是，曹峰死了，她没办法知道曹峰是不是那个能帮助她的人。像小河那样帮助她，像小河那样爱她。

对曹峰的死，珍妮非常悲伤，但又无法表现，表现给谁看呢？难道表现给陆少华看吗？

也许这是可行的。

或许陆少华就认为没人知道他找曹峰借了钱，也没人知道他在线上输了那么多钱。因此他对珍妮说关于他"会输很惨"的这番话产生了一些怀疑。

"你那天晚上在哪?"吃了两斤小龙虾的陆少华突然问珍妮。

20

同学死了之后,刘涛通过一系列线索已经断定:这是一场谋杀,他要调查。但这首先得立案,其次是他得复职。只有这两个条件同时满足,他才能帮助他的昔日同窗。"为什么有人要用这么巧妙、这么隐蔽的方式置曹峰于死地?"

他怎样才能以正式身份去调查这个案子呢?这是刘涛的另一个难题。

看起来领导是真的喜欢刘涛。刘涛很快就被"特批",重新上岗工作。刘涛的"假期"比预想的短暂。很好,对刘涛来说,"被放假"的感觉,就像被抛弃。他需要找到自己那一份存在的价值。

但实际情况是,领导也是接到一个专项任务,他决定让刘涛负责这个案子。这不是大局。大局是,如果在反赌行动中,有这个案子作为特殊案例,在整个工作汇报中是可以为整个行动组加分的。他需要刘涛做的就是，漂亮地把这个案子侦破，并写进总汇报里——"在反赌过程中，我们还侦办了一起与赌博相关的蓄意投毒谋杀案。"那就是个漂亮的项目补充。

这一点也恰好被刘涛利用了。刘涛不光能利用他的同学，甚至也能利用他的上司。他并不确定曹峰之死和赌博有直接关系。但为了能去调查这个案子，加上从同事那边探出的口风，知道局里面有一个反赌专项行动，他就把曹峰的案子强行赋予"赌博纠纷""受害人被下毒致死"的元素，写进报告。这样一来，领导如果有意让他重返岗位，也就有了足够的理由。

他只是怀疑，陆少华和赌博之间有着他可能并不了解的背后故事。他要调查的就是这个。

"你得给我两个保证，我才能说服调查组。"领导喝了一口茶。

"领导，你还不相信我？有什么要求，尽管说就是了。"

"第一，你要保证破案，我也不给你特别紧的时间，一个月，一个月你必须破案。"

刘涛想了想，结合过去自己办案的经验，一口答应，"行。"

"第二，破案之后，你要写一个能让我说得过去的汇报，必须和反赌这个专项行动能紧密配合起来的那种。你小子不要给我耍花样。在你被调查期间还能放你办案的，除了我，你找不到别人了。"

刘涛知道领导说的是实话。但要不是刘涛从警校毕业后就跟着他，他俩互相之间的信任不到父子关系也到叔侄关系的程度，这件事刘涛根本就开不了口。

"第三。"

"领导，你不是说答应你两件事吗？"

"不，我是说你得给我两个保证。但我有三个要求。"

"领导，你的文字游戏越玩越厉害了。"

"你听不听？"

"听，听。"

"第三，你不要高调办案，跟你的那个实习生她可以帮你，其他警力你能不用就不用，万一必须用到，别用你自己的名义和这个案子的名义，真的需要，你到时候可以给我打报告，我给你协调。"

刘涛笑了，原来是这样。说得花里胡哨，不过就是为了帮他破案。给"协调"，这个领导是真把自己当儿子。

回到办公室，刘涛一个人枯坐了会儿。但忽然之间，他又来了精神，大声喊来了顾湘。他意识到必须抓紧时间。对每一件重要的事情来说，时间总是并不充裕。现在第一要做的是查清曹峰的人际关系。

顾湘进办公室时，刘涛已经在玻璃板上写了一些名字和人物关系，他认为的所有嫌疑人都一一写上去，然后分头讲解给顾湘听。他寄希望于通过顾湘的视角来重新审视一下案子的所有可能。

"曹爸爸。"刘涛指着这个名字。

"有动机。"顾湘说。

"你说。"

"他和曹峰的父子关系并不和谐。他们因为买房、房子写谁的名字而产生过争吵。曹爸爸不肯将新房名字只写儿子的名字。他把养老钱都给曹峰用来买房，但是他发现曹峰女友太多，担心有一天他的房子被女人给骗走了。"顾湘根据刘涛的讲解，捋出了自己的逻辑。而刘涛已经通过走访询问了解到了一些暗流。曹峰父子因为房子的事关系并不和谐，但以他的了解这远远到不了"谋杀动机"这样的程度。"不成立。"刘涛摇摇头。而顾湘像是答错了一道题目，表演了一下垂头丧气。不过，她还有机会。

"对了，查验骨灰，要查也只能查出金属物，有机毒物是根本查不出来的。师父，你怎么欺骗老人？"

"你懂什么？"这个表情仿佛就画在刘涛脸上，让顾湘总是很憷。

"我故意放出风声去让罪犯紧张、让他暴露马脚，那样的话，我就有机会了。这也需要我解释给你听？"

顾湘迅速露出一副崇拜的表情，又好像是在说："你真是一个机灵鬼呢。"

"你还是坚信曹峰是被毒杀的？"

"不然呢？不然你告诉我这个胶囊里是利多卡因是怎么回事？"

"兴许是搞错了。"

"那你也太不相信科学、太不相信同事了吧？你还有没有信仰？"

"我的信仰是共产主义。"

刘涛对顾湘的这句誓词无话可说，继续下一个名字，"刘阿姨。"

"有动机。"

"你说。"

"她要霸占曹爸爸的遗产。她……"

刘涛迅速打断了顾湘的推测，"不成立不成立。"然后他指向了下一个名字，"陆少华。"

"有动机。对了，刘哥，我查到了这个。"顾湘拿起一份银行流水，"你看这里。"

刘涛接过那份报告，看了，陆少华和曹峰之间有大额经济往来：

2019年，曹峰给陆少华转账三次，总共十五万。

2020年,曹峰给陆少华转账四次,总共二十五万。

"你猜是因为什么?这当中肯定有秘密。"

"你说。"

"你的同学,陆少华他赌博。他不光卖掉了自己的房子,他还……"顾湘一边确认信息,一边停了一会儿,想想应该怎么措辞,"他还借钱赌博。他找曹峰借了钱,我理解是这样的。"

"那为什么曹峰会借钱给他?曹峰也没什么钱的,他的钱基本都在股票账户里,又刚刚买了新房。"

"我也查了曹峰的股票账户,比对了时间。曹峰每次借钱给陆少华,都是从股票账户里提出来的。"

"也就是说,陆少华是不是有曹峰的什么把柄,然后找曹峰要钱?然后拿去赌博?"

"有这个可能。"

"什么把柄呢?"

"曹峰身上会有什么把柄?"刘涛自言自语,"这么看来,陆少华的动机是最大的。"

"那你这个同学他是个什么样的人?"顾湘问。

刘涛此时陷入非常艰难的境地。一方面,曹峰的去世让他悲伤;另一方面,曹峰是被人谋杀的,这个事实又让他心里铆足了一股劲儿。作为警察,他非常确定身上有这个责任,他要找出杀害同窗的凶手。但如果凶手是陆少华,这就让刘涛开始犹豫,开始不安,开始怀疑自己的怀疑。难道他要亲手抓捕他的昔日同窗,还是好友?

陆少华是个怎么样的人呢?刘涛也在想。

要不是眼见为实,刘涛根本想不到陆少华会陷入这样的经济危机。在他印象里,就算范军、范奇哥俩赌掉了老婆孩子,他也不相信陆少华会因为赌博失去什么。他一直是他们五个或者说他们四个当中最沉稳的那个。正因为如此,他们四人一起开饭店时,范陆曹餐饮管理有限公司名义上曹峰是董事长,但陆少华负责财务,才是那个最重要的职位——C位。

表面上,一切都看不出来。陆少华依然每周都会参与朱老师的亲友牌局。完全看不出来,他已经负债累累。

"你是不是找你同学聊聊?"顾湘建议。

"你是不是没读过警校?"刘涛反问,"我去找嫌疑人,聊聊?"

顾湘被刘涛的反问吓到了,不敢再说话。刘涛走到办公室窗前,从口袋里摸出一包烟。

"师父,你什么时候又开始抽烟了?"顾湘好奇。

刘涛没有回答他。他心里有了一些压力:不说以他从警这么多年的经验和直觉,单凭目前掌握的资料来看,陆少华确实有重大作案嫌疑。但是，他仿佛又要重蹈覆辙，跟犯罪嫌疑人之间的这层关系，能说给调查组听吗？

"嫂子给局里领导写信，这件事我也听说了。"顾湘仿佛要去安慰刘涛。

但等刘涛一回头，她反而低下了脑袋。她不愿意此刻抬头去看刘涛的表情。她认为这时刘涛如果与她四目相对，双方都会因此尴尬。

"跟这个事没关系。咱们集中精力办案吧。"

21

刘涛向领导汇报了案情，并加上了自己的分析。他现在把犯罪嫌疑人锁定到同学陆少华身上。作案手法有了，动机也有了，现在要做的就是还原案发现场、案发经过。这还需要他做大量工作。

"上海康桥，这些年大搞基础建设，拆迁拆出了多少千万富翁。"刘涛对领导说，"得到了拆迁款的本地年轻人，上不用养老、下不用育小，沉迷黄赌毒的不在少数。本以为富裕的生活能让人享受人生，但人性之中贪婪、好赌、酒色，都成为了诱使你走向歧路的东西。尤其是赌博，一旦开始，极少回头。领导，你看这样写案情报告，是不是合适?"

"你写社会调查呢?"领导打趣道,"但你的怀疑方向是合理的。继续说。"

有了领导的"鼓励",刘涛反而开始显得吞吞吐吐,"他们在牌局中有了隐秘的摩擦,以及借贷关系。"

"作为牌友,他们打牌的频次如何?"领导开始询问细节,这正好可以帮助刘涛厘清思路。

"一周一次,据我了解。"

"那这个频次不算低了。"领导若有所思,然后他反问一句,"我说刘涛,你怎么不像他们一样喜欢打牌?你们同学那么久,不应该有共同的爱好才对吗?"

刘涛知道领导是在消遣自己,他喜欢打牌这件事他领导也知道。不过他准备用另一种方式化解尴尬,"领导,你知道的,我家至今没拆。我不能全心全意打牌。"刘涛苦笑道,讨论案情的气氛忽然间就中断了。

"怪不得,怪不得。"领导哈哈大笑,不知道是幸灾乐祸,还是为刘涛没有走上歧路感到庆幸。

刘涛说:"我家在三条马路的当中,电线杆下面全部粉刷成了白色。"刘涛给领导看老家拍的照片,"这一整栋都是我家。只是现在没人住。"

"很大啊,哪天拆迁了,我怕你就要向我提辞职了。"

"领导笑话我了,我上班可不是为了挣这几个钱。"

"哟，未来拆迁户看不上我们工资啦。"

刘涛知道领导现在心情不错，他想到自己一直想问领导的那个问题，也许此时领导能给他一个好的答案，"领导，你为什么喜欢打牌？"

坐在刘涛对面的这个五十三岁男人思考了片刻，回答刘涛："喜欢打牌的人，有很多原因。有些是因为无所事事，有些是喜欢这个游戏的公平。德州扑克从概率上，大家只是手牌互换了，每一手牌在不同人手里会有不同的命运。当然，还得看发牌员。总体而言，这是一个公平的游戏。不问年龄、不问肤色人种、不问性别、不问贵贱、不问任何东西，就看你对这个游戏的理解。对这个游戏的理解，也反映出你对人生的理解。当然，绝大多数人喜欢打牌，只是因为身上有那种赌性，有那种希望不劳而获的惰性，有那种因为输赢而产生身体情绪并为之着迷的人性。"领导想了想，"还有一种人，为了逃避自己的人生，逃避烦恼、逃避打扰。"领导说完，自认为给刘涛增加了一些人生经验，以及案情背景。既然刘涛要问，他就有义务帮助"徒弟"。领导喝了一口茶，又对刘涛说："抓自己同学，我能放心你吗？"

刘涛严肃起来，斩钉截铁就差敬礼了，大声的一个回复，"能。"

22

刘涛决定去王全的牌局就是因为知道陆少华也在那里玩牌。看看少华在那个牌局中是什么样的表现，或许对刘涛来说，能对案情有更深层次的理解。这是他接近"犯罪嫌疑人"最"自然"的方式，他想。但这没法写进报告里，他突然在心里自嘲了一句，也不能知法犯法，更不能知法犯法还自投罗网。

然而第一次牌局，陆少华表现得没有任何异常。甚至，他打牌也比以前更加投入。

如果一次不行，就再试一次。刘涛这么想。

很快又到了周末，这是王全俱乐部固定的打牌日子。除非王全"加班加点"，不然他们的节奏就是每周一次。

刘涛到早了，他决定在河滨大楼附近找个地方吃点东西。这场牌局少则四五个小时、多则七八个小时，补充能量"备战"是必须的。

他抬头观察四周——刘涛的职业习惯——那个正在吃羊肉面的女孩吸引了他的注意。他一方面觉得眼熟，另一方面觉得对方是个漂亮姑娘，无论哪个原因，都让刘涛对姑娘进行了持续关注。因为这张桌子上也没别的顾客，刘涛想着并不会显得太唐突，就问了一句，"你是不是？"

姑娘抬头，看了一眼刘涛，没有搭理他，继续吃面。她一定认为我是万千搭讪他的臭男人之一，刘涛想。随后姑娘加快进食速度，很明显，这搞得刘涛尴尬起来。随后姑娘很快埋单走人了。

她是不是怕我？刘涛想，可我是个警察啊；一个小姑娘怕警察，也太奇怪了。但谁知道你是个警察？刘涛马上自我开解道。

"陆少华怎么今天没来？"刘涛准点上楼，发现目标对象缺席，感觉要白跑一趟。

"没说不来啊。"王全看了看手机，他在确认今晚牌局的报名情况。

"她是珍妮。"王全介绍道，"上次发牌的是茉莉。她们是好朋友。"

"哦，刚才楼下见到了。"

刘涛对珍妮微笑点头，珍妮也如是。看起来，珍妮并没有因为之前的邂逅而感到尴尬。刘涛反而释怀，他轻松的表情仿佛在说：你看，我并不是个坏人，我只是预感到我们之间还有点小小缘分。

珍妮的空气刘海今天特别大，不过海涛还是看得仔细，"珍妮，你怎么额头上有青春痘？"

"傻瓜，你青春痘那么大？"王全护着珍妮。

"那不会是吻痕吧？"那位脱口秀演员开展了脑力活

动,搞得大伙儿都哄笑一番。

珍妮没有搭话,她的专业是发牌,她发牌确实也是专业的。

但刘涛早已无心牌局。他今晚输了,但输得不多,原因是他很少用大量筹码参与牌局的对抗和竞争。

他看着那张本应该属于他同学的椅子,空着。

23

第二天,刘涛在黑板上写下:无故缺席牌局。

这行字就写在陆少华名字的下面,并且用粗线在字的下面画了两条横线。然后刘涛回到自己的"超级椅子"上躺下来,远远地看着黑板上的这些名字,以及那两条横线。"超级椅子"还有一个功能,就是类似摇椅那样能让刘涛整个人来回作一定幅度的晃动。晃晃悠悠之中,刘涛在思考着什么。他想过给陆少华打电话,问他昨晚为什么不来?但他更担心这么做过于热情。

此时顾湘推门而入。她也留意到黑板上新的信息。

"师父,你的同学陆少华是个什么样的人?要不你跟我说说看?我帮你分析分析。"顾湘的第一个问题,刘涛没有回答。他在沉思着自己身上的责任,以及目前面临的处境。

"这个人身上，故事很多。"晃晃悠悠的刘涛对顾湘说。

"哦？什么意思？"

"读书的时候，他数学特别好。"

顾湘一脸惊讶的表情，仿佛刘涛在戏弄她，"数学特别好？这就是你说的，有故事？"

"你听我说完嘛。"刘涛刚想继续，这时候他的手机上闪现出一个名字：范奇。这家伙，这时候打电话来是干什么？刘涛从"超级椅子"上弹了起来。

一分钟后，刘涛放下了电话，对顾湘说："故事结束了。"

顾湘很诧异，"什么故事？什么结束了？"

"操他妈的，陆少华也死了！"

24

陆少华死了，那就意味着刘涛的侦查工作遭到了中断。"如果……如果是陆少华毒害了曹峰，那么他……"

"师父，这个陆少华他是怎么死的？"顾湘问了个关键问题。

"我现在过去。"刘涛看上去有点焦躁不安，出门时忘了带车钥匙。顾湘从桌上攥着钥匙赶忙追上去，说："师父，我也去。"

刘涛回头看到钥匙居然在顾湘手里，觉得自己太急了。他定在原地想了想，示意顾湘一起上车。

上了车，刘涛一声不响。顾湘不知道这时刘哥是不是在思考什么，还是被这个消息给镇晕了？

"刘哥。"副驾驶上的顾湘轻声喊了一句。一般情况下，她称呼刘涛"师父"。叫"刘哥"，则代表着双方有话要聊。

"怎么了？"

"我觉得你不太高兴。你在想什么呢？"

刘涛又沉默了。沉默了好一会儿之后，刘涛开始擦眼睛。顾湘识趣地配合着一起沉默。对刘涛而言，曹峰的死能让他鼓足勇气投入战斗，为了昔日好友能昭雪，他愿意收拾好自己的悲痛心情。但紧接着才不到一个月，陆少华又离开了他，且这么突然。刘涛没跟顾湘说的是，他得到消息：陆少华是在家中上吊自杀的。

刘涛一边开着车，一边回忆着他的中学时光。他和范军、范奇、曹峰、陆少华，五个人一起打康桥中学生篮球联赛。他们一路过关斩将、挥洒汗水，那时候的血真的是热的。回忆漫漫，扑面而来。

在一个红绿灯前，他摸摸裤袋找出自己的钱包，打开，最里面的夹层里有一张老照片。这一刻，他的视线甚至有点模糊，睫毛上挂着尚未擦掉的泪珠。照片上，正中间是老朱，非常开心地捧着奖杯。老朱那时候大学刚毕业就带着这个班，用尽全身力气，把这个班级"德智体美劳"——当时流行的说法，全部抓了。功夫不负有心人，班级朝气蓬勃，不光成绩在全年级名列前茅，体育项目，不仅篮球，中长跑、足球等等都在区里各类比赛拿了名次。老朱也因这不俗的表现得到学校嘉奖。老朱边上是范军和范奇兄弟俩，一个搂着老朱的肩膀、一个抱着老朱的腰，嘻嘻哈哈得不行。曹峰和刘涛在两兄弟边上，曹峰捧着个篮球把整个人都扭成了Ｓ型，非常风骚。而陆少华个子最高，就是很简单地把两只手搭在身边人的肩膀上。

"这是什么？"顾湘问。

刘涛正要把照片递给顾湘看，"那一年，我们五个拿到了篮球比赛的冠军。一张合影。"

"你为什么在最边上？"顾湘当然最先注意的是自己的领导和师傅。

"当时他们叫我流川枫。"

顾湘扑哧一下笑了。刘涛也笑了，笑中带泪。

"看上去你们那时候真年轻啊。"

"废话，才中学生。十六岁吧。"

"豆蔻年华啊。"

"豆蔻年华？你知不知道什么是豆蔻年华？"

"怎么，你们这不叫豆蔻年华？"

"豆蔻年华，是专指女孩子十三四岁。既不是十五六岁，也不是说男孩子的。"

"哦，这样啊，那我还是豆蔻年华。"

"行，你们全家都是豆蔻年华。"

"刘哥，你怎么骂人呢？"顾湘娇嗔。

刘涛不再搭理顾湘，心情稍稍好了一些，没有之前那么闷。他继续开车，再有十分钟就能到陆少华家了。少华，我来了，刘涛在心里说了这一句。

尽管刘涛已经知道陆少华深陷赌博还欠了不少债，但何必如此。人那么年轻，有什么不能过去呢？

25

究竟是什么让陆少华过不去了呢？

顾湘先下车。这是她第一次来康桥。"我以为康桥是一个田园牧歌的地方，原来也到处是高楼大厦。"顾湘抬头看了看四周的居民楼，低的有十一二层，高的得有十七八层。

"你以为的是剑桥吧。徐志摩读多了,你。"

警察拉起了警戒线,不让闲杂人等进入陆少华房间,甚至不让闲杂人等进入陆少华所在的十六楼这个楼层。负责把守一楼电梯的年轻警察不认识刘涛,这也很正常。刘涛出示了警官证,这还让那个年轻警察摸不着头脑,"你又不是我们辖区的,你来干啥?"他看了眼警官证,确认了对方的身份。

"我来干啥,你问问你们谈警官就知道了。"

"哦,是谈警官的朋友呀。"

"上面什么情况?"

年轻警察嘟嘟囔囔,说:"比较乱,家属在吵。"

陆少华的妻子小芬是个本分的小镇女人。大伙儿都是第一次看到她这么歇斯底里。她一直在推搡范军,范奇也拉不住。"天天就知道让少华去赌赌赌,你看你们做的什么好事啊。呜呜呜……"小芬哭诉着。

区别于刘涛和顾湘,范军和范奇是到了现场才知道嗜赌成性的陆少华已经把房子抵押出去了,而且是背着小芬偷偷从不正规的贷款公司办的。

陆少华"自缢"在自家房顶,当然,这时候已经被众人扯下来。高高大大的陆少华平躺在已经不属于名下的家的客厅中央。在他四周围着警察,靠近一点的就是小芬、范军、范奇。刘涛拨开人群。同学看到刘涛来了,仿佛看到救星，围上前去。不过刘涛先要找的人是谈震。除了那点头示意，他并没有跟同学们多打招呼。

"谈震，帮我个忙，你帮我把家属带到派出所，我有一些问题要问。"刘涛走近谈震，在他的耳边轻声吩咐。

"师兄你来了啊。又是你同学吧？"

"又是"，这两个字刺激了刘涛。不过刘涛没有被情绪左右，"是，我同学。现在是什么情况？"

"这还没有定性，不过，看上去是自杀。我们初步是这么认定的。"

"你怎么确定是自杀？"刘涛斜着眼睛问。

"我哪儿确认了？师兄你别这样。这也没最后认定，差不多是这样。"谈震知道必须根据现场、证物、法医报告才能作这样的判断。现在一切都还刚开始，"你要我把家属带到派出所？讯问？"

刘涛也觉得自己刚刚的语气重了，拍了拍谈震的肩膀，"不是讯问，只是正常询问。"

谈震还有点疑惑，不过他看见刘涛坚毅的眼神，听到刘涛肯定的语气，这些都不容谈震再多说什么了。

"另外，死者的手机在哪？"刘涛四处寻找，无果，只能再次求助谈震。

谈震问了身边的助手，助手很快跑到边上找到了陆少华的手机。

昔日的好兄弟现在就僵硬地躺在刘涛面前。虽然他的脸被一块布遮住了是怕吓到在场的人,但刘涛心里有那张脸。那张脸现在是什么样的表情呢?眼睛是睁着的还是闭着的呢?刘涛摇了摇头,他有一种奇怪的感觉,他认定陆少华不是自杀的。多年不见是事实,陆少华到底什么性格,他多多少少有点把握。可以他多年的出警经验来看,他和谈震的看法是一致的,这一切似乎是自杀的模样。

一张侧翻倒地的椅子、一道梁、一根结实的麻绳、四散的酒瓶,看样子陆少华死之前喝了不少酒。证物估计不会有什么意外,只能等法医有什么发现,看看他肚子里除了酒精,还能有什么别的东西?

利多卡因。刘涛脑子里想起这个东西。但他摇了摇头,这东西只是能让你的喉舌麻木,并不能让人产生轻生的念头。刘涛上前仔细看了看那根麻绳,谈震围上来,说:"师兄,你同学是有准备的,这麻绳都买回家了。"

刘涛侧头对谈震说:"你不觉得这根麻绳很新吗?"

谈震看了看,说:"很新,确实很新。那就是死者这几天才准备自杀的,刚买回来。"

"不。"刘涛说,"我的意思是,这根麻绳不像是刚刚勒死人的样子。"刘涛摸了摸麻绳,它太光滑了,丝毫褶皱都没有。刘涛又摇了摇头,人们不知道他摇头是在惋惜还是在否定什么。

"给我看死亡报告。"他对谈震说，然后他又给张恒打了个电话，吩咐了点什么。

几件事交代完之后，刘涛走到陆少华家门口看了看周遭情况，并没有什么特别的。这边的警察工作也接近尾声。

刘涛暗想，前一次在牌局上包括在微信群里，没有人能料到陆少华会这样——这么快就离开大家。他最后一句话是说自己要忙一阵，忙什么呢？忙着躲债吗，难道？可是曹峰都死了。陆少华是欠钱了，卖掉了房子，但并没有多少人知道。一个人要结束自己的生命，一定会在言谈举止之中透露出一些信息。陆少华没有，丝毫没有。他既没有透露出自己的负债情况，也没有透露出轻生的念头。前者是他有意隐瞒，后者一般人是藏不住的。而且，有意隐瞒前者的人就是要面子，如果没有特别状况出现，不会突然轻生。这当中必须有个过程，必须有迹象。

刘涛和顾湘跟着谈震的警车，跟在后面的第二辆警车则带上了小芬。他们一路开到派出所，只花了十五分钟。康桥并不大，派出所却是新建的，就在周川公路边上，警车一个小转再倒车，几辆车都抵达了目的地。车门打开，刘涛走到同样刚刚下车的谈震面前说："询问的事，你再帮个忙。死者家属你去询问，我不方便，你用耳麦，我把我想问的问题说给你听。"

"师兄,你是不是怀疑什么?你可以直接告诉我的。毕竟这个案子现在还是我在负责。如果立案的话也是……"

"回头告诉你吧。你就说帮不帮?"

谈震苦笑着说:"警校没白读,认识了你这个师兄。"

因为实在要自己的小兄弟帮忙,这句挖苦刘涛也就忍了。他抿嘴瞪大了眼睛,拍了拍谈震的肩。

26

询问室比讯问室宽敞、开放。一字之差,天差地别。谈震戴上耳麦,拿着一杯水,坐到了小芬面前。

瘦弱的小芬情绪上应该说还是缓过来一些,此时此刻,她面对人民警察已经没有具体可控诉的对象。不知丈夫死因——或者自杀动机的她,只有红肿的双眼还能判断出这个人刚刚经历了一场生离死别。

"蔡小芬……同志。"谈震拿出了黑色的笔记本,铺开,对着眼前的人说道。这黑色笔记本里藏着多少爱恨情仇、多少生离死别,而小芬这一笔将是最新的那一部分。

"嗯。"小芬点头。

"能不能请你讲一讲你丈夫的事,最近的状态,最近有什么让你觉得不寻常的举动，这些?"

"哦，好的。我和丈夫平时是分居的。我和孩子住在周浦，租的房子，都是为了孩子读书。我负责接送孩子、给孩子做饭，他……呜呜呜……"小芬才说了个开头，就又忍不住流出眼泪来。

谈震觉得这个活儿自己干得也有点委屈，就朝着身后玻璃墙望去，意思是，你这个师兄为啥要我干这个?

"拜托，专业点，继续问。"刘涛通过耳麦"央求"谈震。

"嗯……发现他'自杀'之前，你们最后一次联系是什么时候?"谈震重复着刘涛的问题。

小芬想了想，说:"前几天下午他跟我说过，昨天下午他计划要过来看孩子。后来没来。他经常这样，我也没多想。但他没有回我电话，我就着急了，还在微信里骂了——责怪了他几句。"

"你们平时联系多吗?"

"不是很多。"小芬忽然改口，"但也算不上很少。就是正常的分居夫妻之间那种频率吧。"小芬说完并不知道她说的这个"正常分居夫妻之间的频率"，只是没被追问，她就也不解释了。

"那么，是不是可以说，你们夫妻感情一般?"

"啥叫夫妻感情一般?"小芬抬头问谈震，她本能地抗拒这个结论,这把谈震问住了。谈震无言以对,只好继续听着刘涛的问题继续问下去。

"你知道死者,你的丈夫陆少华,已经卖掉房子了吗?"

"不知道,我怎么会知道?我是不同意的。我怎么能同意呢?我们家虽然拆迁得到两套房,但另外一套是公婆在住,实际上我们就只有这一套房,连我跟孩子都是租房子住,你说我怎么能同意呢?"小芬显得激动起来。相比丈夫离世,这套房子去留问题如今是小芬更在意的。死人不能复生,但房子或许……

"我明白,我明白。别激动。如果你不同意,你也确实没有签过字,那么这房子还能追回来的。"

"啊,真的吗?这是真的吗?"小芬忽然看到什么希望似的,来了精神,连目光也炯炯起来。

"告诉她,是真的,我们会想办法帮她把房子要回来。"刘涛对着麦克风说。谈震照做。

"那谢谢你了,警察同志。太谢谢你了。"

刘涛知道,这个事他能办成。如果办成,也算是帮了陆少华最后一个忙。那些要人命的黑贷公司在公检法面前,根本只有挨打的份,尤其是陆少华已经死了,黑贷公司手里没有任何筹码。

刘涛在门外一边交代谈震问题,一边听着小芬的回答，一边还查看着陆少华的手机。他需要了解一下陆少华的婚姻情况，看小芬的样子，他了解了一个七七八八。现在，陆少华的手机里应该有更多刘涛想知道的东西。

在同事帮助下，刘涛已经用技术手段破解了手机密码，随后打开陆少华的微信、百度百科、知乎等 APP 的搜索栏，他搜索"自杀""上吊"等关键词，似乎并没有任何已经搜索过的痕迹。他要否定关于陆少华是"轻生"自杀的结论，这也能帮助他一一排除。

的确一无所获。一无所获的意思就是，他根本找不到陆少华会突然轻生的任何证据。

他现在要查看陆少华的微信。那里面一定会有所发现。比如，他和曹峰的微信。

可是他竟然发现陆少华和曹峰的私人对话框是一片空白。陆少华真是一个谨慎的人，刘涛突然感叹。刘涛能够想到的理由是，陆少华并不想让其他人知道他俩之间有债务关系。当初查看曹峰手机时根本没注意到这些——自然，他那时候也想不到这些。或许回头找曹爸爸再去要一下曹峰的手机，能发现更多。刘涛作了个决定。

顾湘刚刚从厕所出来，在这里她仿佛帮不上什么忙，但状态是一直在候命。她走到刘涛面前，正好被刘涛抓了一个正着，"来，顾湘，我想让你分析一下。"

"分析什么？"

"曹峰的死和陆少华的'自杀',你觉得有什么关联?"

顾湘努着小嘴、抬头看天,作思考状,"死者都是你的同学,两位死者之间有借贷关系……我先说人物关系行不行?"

"当然,你说。"

"他们都是你的同学。"顾湘把"你"作为重点发音。

刘涛叹了口气,说:"你意思是先把我逮起来?"

"不是不是,师父你听我继续说。"顾湘急了,马上补充,"还有,他们都爱打牌。"

"继续说,说点有用的。"

"陆少华找曹峰借了钱,借了不少钱。那他们还在一起打牌?"顾湘有了新的疑问。

"嗯,这是一个点。但不重要。我们互相之间如果真有一些借贷关系,在一起打牌还是可以接受的。换个角度,你想,既然曹峰死了,曹爸爸甚至未必知道他们之间的债务关系。也就是说,债主死了,欠债的人为什么要自杀?"

"对啊。曹峰死了,相当于陆少华就少了一大半债务。"

"或许一小半。但总之对陆少华来说是利好消息。"

"那么,会不会,你的这个同学,陆少华,是杀了你的同学曹峰之后,畏罪自杀?师父,你说有没有这个可能？"

刘涛沉默，他往顾湘的推测方向上发挥了一下，但好像走不通。如果为了躲避债务而杀了债主，那就不存在自杀的动机了。如果要自杀，可以直接自杀，根本不需要杀掉债主再自杀。畏罪自杀，不像是陆少华所为。

"那你上次跟陆少华打牌，有没有发现什么？"

刘涛想了一下，现在回忆起来，当时少华的心情其实算好的。对，因为他平白无故，相当于平白无故赚了几十万。这心情当然会好。刘涛没有继续鼓励顾湘做新的发言。他继续在陆少华的微信里寻找他想要的线索。刘涛自己并没有加入王全那个牌局的微信群。现在他突然想看看那个群里的聊天内容。

珍妮……

珍妮……

刘涛滑动着聊天内容，只是匆匆扫了一眼，看到了好几个珍妮的名字。

珍妮！这时候刘涛的灵感突然又来了。他搜索陆少华的好友通讯录，"珍妮"，有三个，但排除了另外两个之后，刘涛找到了他想找的那个珍妮的微信号。看头像，没错，应该是她。

刘涛突然面色凝重,双眉紧皱:为什么陆少华的微信里,他和珍妮的对话框里也是空白的?

珍妮不是陆少华介绍给朱老师的吗?那他们早就认识了。刘涛脑袋嗡嗡的。他俩的聊天记录有什么内容是见不得光的,需要陆少华删除?这完全不符合常理。

随后刘涛发现,在陆少华的微信聊天记录里,按照刘涛所能想到的人物关系,只有曹峰和珍妮的对话框是空白的。也就是说,陆少华平时并没有清空聊天记录的习惯。那这两个人和他的聊天记录,是陆少华有意清空的。

那么,和曹峰的聊天记录需要清空,是因为不想让别人知道他和曹峰之间的借贷关系。和珍妮的聊天记录需要被清空,理由呢?

陆少华和珍妮之间,有什么样的秘密?

忽然,刘涛的电话响了。这打断了他的思绪,是张恒给刘涛打来的。

"阿涛,我刚刚从康桥同事那边调取了死者死亡的初步报告。很明确,不是自杀。"

刘涛抿着嘴,呼吸变得沉重,"我就知道。"

"死者的死因是窒息,但不是吊死导致窒息。他的舌骨骨折,显示是被人勒死的。压迫颈部致机械性窒息死亡的种类常常是指吊死、勒死和掐死,法医工作已经完成对吊死、勒死、掐死的死亡原因的确定及死亡性质……"

"直白一点,张老师。"

"是他杀。我基本可以确定,是先勒死,然后伪造了吊死的自杀现场。"

"精彩,张老师。"

27

在确定陆少华并非自杀之后,刘涛的目标更加明确了。这个嫌疑人的一切都浮现在刘涛面前。刘涛仔细回忆起有关珍妮的信息。

他第一次见到珍妮,是在河滨大楼下的面馆吃面。他看着珍妮觉得面熟,想搭讪,被拒绝了。也正常,一个年轻姑娘未必要接受来自一个陌生男人的搭讪。然后他们共同出现在王全在河滨大楼的会所里。当时刘涛对着她笑了笑,说:"殊途同归。"这个词用在这里并不那么恰当,只是刘涛突然想到这么个成语,就用了。珍妮笑了笑,是那种释放和表达善意的笑容,当时刘涛这么理解。可此刻,刘涛回想珍妮的笑容,怎么感觉里面有一种古怪的内容?是刚刚在楼下拒绝了刘涛的对话请求,所以包含了一些歉意?还是新朋友那种纯粹的初次见面而有所保留?那么,刘涛为什么会对珍妮的脸,有一种似曾相识的感觉。

刘涛回忆着那张年轻而姣好的脸，越回忆越觉得诡异。那张脸似笑非笑，像是熟悉，又觉得陌生极了。

法医的详细鉴定结果出来得比刘涛的预想早了一天。谈震用手机拍了报告，传给刘涛：

血液里有大量酒精，从裤裆的粪便物中检测到死者之前吃过小龙虾。死亡时间大约是前一天凌晨两点到三点。死亡原因是窒息。舌骨骨折，显示是被人勒死或是被扼死的。

"师兄，确实不是自杀，你是对的。我们这边要立案了。我们要再去现场搜查线索，马上出发。"

刘涛对着手机欣慰地笑了笑，但随即脸上遍布愁容。

小龙虾？根据刘涛的回忆，他去陆少华家那天家里没有小龙虾，那陆少华死亡当天晚上是在外面吃的。

"能查一下当晚陆少华是在哪一家店吃的小龙虾吗？查查陆少华回家的路线。"

"大哥，你要这么查，我们这边警力不够用啊。等我去现场回来再安排。"谈震有点不耐烦了，并非他被这个师兄使唤得够了，而是他现在也需要承担任务，"刘哥，我理解你的心情。"谈震用语音给刘涛发来消息。

刘涛深吸一口气，这样做是为了稳定情绪，他不愿在希望对方帮助的情况下在电话里骂出脏话。这哪是需要不需要理解彼此心情的时候？小年轻做事就是粗糙，他想。

如果能查到当晚监控，那一切就好办了。但光靠刘涛个人的说法——基于他的直觉，基于死者是他的同学，很难有说服力。刘涛明白这一点，何况他没有权限去操作。他想到了领导对他提的三个要求。

"监控那边，能查就帮我查一下吧。"

从谈震敷衍的口气来看，这件事恐怕未必能办成。刘涛还得另辟蹊径，他决定先从曹爸爸那边入手。刘涛掏出手机给曹爸爸打了个电话，他需要再次去查阅曹峰的手机。

曹爸爸是个老实人，他本可以不用交出儿子的手机。他把手机保存好，就放在儿子的床头柜里，只是这几天忘了充电。接到了刘涛的电话后，他赶往曹峰家从柜子里取出手机。

手机里有儿子太多的照片、视频，如果太过想念，他可以去看。他翻看过儿子的照片、视频，甚至一些微信聊天记录。

最初几天，他常常点开各种聊天框里绿色的长条，那样就能放出儿子的声音。音容笑貌，不过如此。曹爸爸常常是听着听着就能流泪。一个孤独的老人把房门关得紧紧的，就为了那一刻他和儿子能互相"陪伴"。曹峰生前，虽然父子关系紧张，但曹爸爸竟是知道曹峰手机密码的。一起吃饭时，他偷偷看着儿子解开手机，他默默记住了那四个数字。没想到居然能派上用场。

站在刘涛面前，曹爸爸比上一次见面时矮小很多。他犹犹豫豫交出了曹峰的手机。对他来说，那是和儿子"再次相遇"的时间机器，他非常不舍。

"阿涛，不瞒你说，我和阿峰吵架的内容你就别看了。我现在觉得挺丢人的，也对不起阿峰。"

"叔叔放心，我不是看这个。"

"里面这些东西有好的，也有不好的，我也都舍不得删。你也千万别删了。"

刘涛答应着。看着曹父满脸悲伤，他心里也很难受。儿子走了才没几天，人感觉老了有二十岁。以前曹父身形健硕，现在，唉，自古最痛：白发人送黑发人。

"可能没电了，昨天晚上我忘了充电。"曹爸爸最后叮嘱刘涛记得给曹峰的手机充电。

取到曹峰手机后，刘涛回到车上用车载充电线接上。车子发动，冲出曹爸爸小区。

曹峰的手机是一个苹果手机，曹父把解锁密码也告诉了刘涛，免去刘涛找同事的麻烦。在一个红灯前，手机显示已经有了足够开启的电量。刘涛要看的是曹峰和陆少华的聊天记录。红灯变绿了，但刘涛的汽车依然没有发动，由于他开的是警车，后车似乎不敢鸣笛提醒刘涛，好几辆车只能变道前行。

下一个红灯，刘涛的车子依然没有往前移动。直到有一个不怕警察的司机终于按了汽车喇叭提醒刘涛，刘涛才意识到此刻占用着直行车道。

他启动汽车，马上给顾湘拨打电话，"顾湘，我拿到了曹峰手机，曹峰和陆少华的对话里真有陆少华威胁他的信息。陆少华知道曹峰和燕敏是情人关系，他还知道燕敏的儿子，也就是范军的儿子，其实是曹峰的。"

"啊？Breaking news！"顾湘愣了一下，随即感叹，"师父，你还好吗？"

"我有什么好不好的！"

"你们同学之间这么劲爆的八卦，你没有被震晕吗？"

"别闹，顾湘，我要你帮忙，你现在就让技术部的小霍过来，我半小时就到所里，你让他尽快过来。待会儿见。"

刘涛挂掉电话之后，大脑里飞快处理着手头所有的线索和信息。

28

回到所里，刘涛重新捋了捋思路。他在黑板上增加了一个人的名字：燕敏。然后，他把陆少华的名字用一个框框了起来。陆少华和曹峰有了一样的待遇，他们是两个遇害者。

他让顾湘坐在他面前，再来一次推理。

"顾湘，现在我们来理一下。"

"范军。"刘涛指了指这个名字。

"现在来看，很值得怀疑，至少动机上。曹峰睡了他老婆，他有很强大的动机报复曹峰，甚至杀害对方。哎呀，你们同学的关系可真够乱的。"

刘涛并不喜欢顾湘这么说他的同学关系，又找不到因此生气的理由，只能大声训斥和要求严肃，"不是让你评价和八卦，而是让你推理案情。"

"啊，对不起，师父。"

"我觉得范军到现在都未必知道这个事。"刘涛又语气软了下来，说，"我反而觉得就不要让他知道这件事算了。"

"为什么？你觉得范军不知道自己老婆给他戴绿帽了？"

"可能不知道。如果不知道的话，为什么要让他知道呢？他知道了能怎样，会崩溃吧？现在有两种可能：一种是他已经知道这件事；另一种，他并不知情。"

"但这是重要的线索。师父，你平时可不是这么教我的。万一他已经知道了呢？他如果已经知道了，那他就是最大的一个嫌疑。对不对,师父?你想一想。"

刘涛停顿了一下,还是摇了摇头。在他看来,范军不会知道这个事,没有人能接受这个事,没有人能知道"这个事"而接受"这个事"。不接受"这个事",就会表现出来。但他还能和曹峰经常在一起打牌——光这一点,刘涛就认为范军至今应该还是被蒙在鼓里。

"想个屁。燕敏。"刘涛继续下一个名字。

自己的建议没有被采纳,顾湘有点失落,不过不要紧,她还可以继续发挥,"这个更有动机了。"

"你是说情杀?"

"或许吧。女人心,海底针。你得罪了女人,就要承受应有的代价。"

"什么乱七八糟的。"刘涛一边摇头一边骂骂咧咧,这代表了他否定的态度,"燕敏不是你想象中的女人,她绝不可能杀曹峰。"刘涛心里肯定地对顾湘说,也是对自己说。多年的同学,他很清楚燕敏温柔的个性。情杀意味着仇恨,如果情杀成立,那么还需要另外一个条件,那就是曹峰和燕敏之间已经遍布了仇恨。然而,刘涛还记得,燕敏在为曹峰送殡那天哭泣的可怜模样——这是当初刘涛竟然忽视的一个关键点。他以为仅仅是同学情深,没料到并不仅仅是同学情这么简单。刘涛还是单纯了。

"珍妮。"刘涛再一次在黑板上增加一个名字。

"她是谁？"顾湘问。

"一个发牌员，给我们发牌的。顾湘，我发现一件事。"看着顾湘期待的眼神，刘涛走回"超级椅子"，"就是无论曹峰还是陆少华，和这个发牌员的微信聊天记录都是空白的。两个手机我都看了，只有和她的聊天记录是空白的。这难道是巧合？"由于刘涛早就锁定怀疑对象，因此他迫切需要从顾湘的视角里去验证自己的判断。

"你们和发牌员会聊天？"

"不，我不会。但他俩明显都聊过。你知道，如果你加了一个人微信，没有聊过天，会显示添加微信的初始日期，也不会空白。只有你删除过微信记录，清空过，才会显示空白。如果你跟一个无关紧要的人聊天，是不会删除聊天内容的，如果你没有这种习惯——除非……"

"除非什么？"

"曹峰和这个珍妮的聊天不是完全空白。最后是一张截屏，截屏上是他和珍妮的对话框，空白的。我想这是曹峰发给这个珍妮看的，表示'已经删除聊天内容'。但曹峰忘记把这张截屏也删除了。"

"手机在哪？我看看。"

刘涛指了指他的办公桌，顾湘正准备往前凑，她的电话响了，是信息技术科的小霍。看起来这没有费他很大工夫，要恢复微信聊天记录，信息技术科那边的人有的是路子，有的是办法。

有人在手机里藏着很重要的东西，又有人抹去了重要的信息，但这都是徒劳的。刘涛既然发现这里有宝藏，那就得花力气一铲子挖下去。

"师父，小霍那边已经搞定了。"

刘涛点了点头。

又有一个同事敲门，让刘涛出去取东西。刘涛只能暂时离开他的宝座。几分钟后，他回到办公室，拿着珍妮的照片递到顾湘面前，"你去帮我查一下，她的身份，所有信息。"

"人脸检测？"

"不然呢？"

回到桌前的刘涛感到有一丝兴奋，也感到一阵轻松，对他来说，这道题现在似乎已经没有那么难解，谜底就快出现了。

不一会儿，顾湘打印了珍妮的材料捧着过来。

刘涛没翻几页，一切都定住了，没错，真的是她——人生何处不相逢。

连续工作了几个小时之后，俩人抬头默契地对视一眼。

"我给你讲一个故事，你要不要听？"刘涛对顾湘说。

"什么故事？你以前办过的案子吗？"顾湘放下手头

文件。

"不是,是关于一个长辈的事。一件往事。"

"好听吗?"

"一般。"

刘涛开始讲那个长辈的故事:"有一天,是长辈公司年会,年会嘛,要喝酒。长辈是领导,下属要敬领导酒,领导不胜酒力,喝多了。有一群同事在领导房间聊天,很多年轻人。长辈喜欢跟年轻人聊天,但长辈那时候并不知道自己即将失去控制力。"

"什么意思?"顾湘问。

"就是喝懵圈了。然后年轻人开始陆陆续续离开长辈的房间,只有一个女孩留下来,然后那个领导就借着酒劲犯浑,摸了那女孩。"

"这是性侵啊。"

"对,领导酒醒后也懊悔异常,他意识到自己犯了一个巨大的错误,他想弥补,思来想去,听说,领导最后给对方寄了一根手指。"

"啊?自己的手指?"

"是。当然是自己的。难道领导还去切别人的手指不成?"

"哪根手指啊?"顾湘伸出五指,看了看手上每一根手指,觉得心疼。

"我还不知道呢，得等上班了，去看看领导到底是哪根手指没了。"

"啥，你说的长辈，是我们局的领导？"

刘涛马上意识到说漏了嘴——前面的铺垫白白浪费了。但他不能承认，于是就打了个哈哈，"当然不是，我们领导怎么会犯这种错误？"

刘涛不会关心领导的手指问题。当然，主要是领导也从来不会给刘涛以及任何人有机会观察到他左手上本该长着小指的地方。

"刘哥，你干吗跟我讲这个故事？"

"因为我突然想起那个发牌员，她的手指很粗，手臂也很粗，比你的还粗，像个男人。"

"刘哥，你这么说就没意思了，我们女警不是要训练力量嘛！你以为我想粗啊。"顾湘抬起手臂看了看到底有多粗。

"对，我的意思是，那个发牌员她手上非常有力，有力到足以杀掉一个成年男人。我是说，如果条件允许，她的力量足以勒死一个成年男人。"

第三章

TURN·转牌

29

这一次"再会"阿珍,让刘涛想到前几年那个案子中还有几处不解:一个侄子,杀死了自己的婶婶,因为他爱他婶婶,然后杀了她。至少卷宗上后来是这么写的。但那个杀人犯看起来又不是一个变态,甚至在交代犯罪过程时表现出来的镇静、严密的逻辑以及彻头彻尾的坦白,都让整个案子的侦破和结案过于顺利。

他干警察这么多年，破了那么多案子，抓了那么多嫌疑人、凶手，所有这些人几乎都有一个共同点，就是像挤牙膏一样，不到崩溃那一刻总是遮遮掩掩，隐藏点什么。一开始就招供一切的凶犯少之又少。他看《动物世界》，动物界里有一种昆虫，叫叩甲，每当它落入危险，比如当它面对天敌时仰面朝天缺少保护时，它可以发动背部力量把自己弹向高空，从而绝处逢生。犯人通常也这样，总是想跳一跳，或许能跳出法网。简直痴心妄想。

这时候，刘涛的手机响了，是JAJA。他看到JAJA的名字时，觉得像是心灵感应似的：刚想你前男友呢，你就来电话了。

"哥，方便吗？"

"嗯，你说。"

"那个，如果你方便的话，借我点钱。"JAJA在电话那头直抒胸臆。

惹什么祸了？这是刘涛第一反应。这个妹妹一直没让他省心过，但也因此一直让他牵挂。"多少？"刘涛没问JAJA惹了什么祸，问的是JAJA要的数目。

"一万。"JAJA说，"哥你方便的话就借我，一个月还你。"

一万是亲友间合理的借款数字。多了有压力，少了没分量。

"待会儿转你。"刘涛答应得很爽快,"对了,问你个事;放心,不是问你借钱。"

"哈,那你咋不问我借钱干吗?"JAJA反问。

"你能干嘛,不就是没钱付你那个小房子的房租吗?"

"哈哈哈,谢谢哥。"JAJA在那头笑了,"你还真了解我。"

"真要问你个事。"

"哥,你问。"

"小河,你那个前男友,就是后来杀人、进去了的那个。"

"嗯,他怎么了?"

"没怎么。我就是问问你,他是个老实人吗?"

"嗨,哪有什么老实人。你们男人的嘴,骗人的鬼。"

"不开玩笑啊,JAJA,我是说,如果我去问他一些问题,他会认真回答我,诚实回答我吗?"

"嗯……这个啊,那取决于你问他什么问题。哥,你多久没回家了啊?"

JAJA突然问了这么一嘴,让刘涛不好回答。

"怎么了,你嫂子那边问你什么了?"

"没。没问什么。"

挂掉JAJA电话之后,刘涛想了想,他准备去找小河一次。小河是他这几年抓到的最令他遗憾的"罪犯"。这个差点成为他妹夫的人，曾经是个作家，但因为纵火，杀害了自己的姊姊，被捕入狱。谋杀罪、纵火罪，加起来法官判了他二十年。那案子包含了一个听上去挺凄美的故事，案件并不复杂，但牵涉的人员却和刘涛有诸多关联，因此曾经让刘涛非常沮丧。也因为这个案子，刘涛被调查、停职。死者遇害在娱乐场所，她也是曾经关照过他的人，有一次刘涛违规进入娱乐场所，醉酒闹事，娱乐场所的"妈咪"帮他解围，才确保他没被处罚。要知道，如果当时他被治安处罚，就意味着他的工作会产生危机。

死者，就是那个妈咪；小河，就是杀害那个妈咪的凶手。而阿珍，是小河当时的女友。

阿珍，就是珍妮。

刘涛找同事打听了一下小河关在哪里。同事花不到半小时打听到了，算是个惊喜，小河被关的地点并不远。上海一共二十一个看守所，十三个监狱，小河所在的监狱就在沪南公路，几乎是距离康桥最近的一个。拐个弯就到，不到五公里。这让刘涛觉得没什么可犹豫的，决定第二天下午就去。

服刑两年让一个年轻人的眼神浑浊了一些。但如果不仔细看，你并不能发现这一点。板寸头的小河看上去比之前健壮了一些，"想不到你会来。"小河歪着嘴，似笑非笑着说。

隔着玻璃墙，双方坐下，点头示意。

"作家，里面感觉如何？"

"没有我想象得糟糕。"

"不是电影里描述的那样，是吧？"

小河又歪了歪嘴，"我想到一个词叫'束手无策'，我最近经常想到这个词。"

"失去了自由，就是这样。"刘涛说，"你在为过去的行为负责。现在你知道'自由'的可贵了吧？"

"算是吧。"小河低头，然后像是苦笑了一声，"刘警官，你这是来找我干啥？"

"来看看你，不行吗？找你聊聊天。"

"哈？看看我？给我讲故事吗？我在里面能写故事。就是时间不充裕，断断续续的。"

"那你写了吗，都写了点啥？我倒是有兴趣再看看你写的东西。"

"写了一点了。"小河显得心虚，"以后有机会给你看。"

"好，写完了回头给我看看。"刘涛说，接着他清清嗓子仿佛要进入正题，"我来找你，是想问几个关于你女友的问题。"

小河纳闷，"阿珍？怎么回事？她出什么事情了吗？"

刘涛慌忙否认，"没有，你别紧张。"事实上刘涛也不知从何说起。该怎么问呢？眼前这个小河和那个已经做了"职业荷官"的阿珍，他俩还是情侣关系吗？连这个都是问题。但提到女友小河第一反应是阿珍，这一点让刘涛稍稍有一些信心，"她来看过你吗？"

这真是一个问题。没想到，小河摇了摇头。不存在欺骗，访客都有登记。

"没来看过你吗？难不成你们已经分了？"

小河苦笑，或许是一种默认。或许不是，只是一种丧气和不自信。刘涛觉得自己挺不像话的，感觉像是做错了事说错了话。

"你听过一个《枕头人》的故事吗？刘警官。"小河突然问刘涛。

"看起来你在里面读了很多书。"

"不，不是书。"小河也清了清自己的嗓子，"我知你才华有限，若非是曾听闻我七年间饱受折磨的痛喊，你不会有一生四百篇故事的创作，我深爱你，爱你或好或坏的故事。因为它们一篇篇都是被撕裂的我。"小河朗诵的声响不大不小，通过话筒传递到刘涛耳边。

"这是什么？一首诗？现代诗？"

"不是。是个故事集，就叫《枕头人》。它里面还有一个'三个囚笼'的故事，我讲给你听。从前，有三个装着罪犯的囚笼，前两个里分别囚禁着强奸犯和谋杀犯，但第三个笼子里的罪犯忘了自己犯了什么罪,也看不到挂在笼子上的牌子写得是什么。路人路过三个囚笼,都对第三个囚犯表现出了最深的厌恶。然而,直到故事最终,第三个囚犯和读者都不知道他到底犯了什么罪。"小河的语气像是在朗诵,又像是在祷告。

刘涛听完不知所以,问小河:"你跟我说这些干什么?"

小河笑了,"我知道你听不懂,我也不想说什么你能听懂的话。"——他的笑容里有这个意思。刘涛好像明白了,他想起JAJA说的,跟小河对话,他会不会老老实实跟你说——"取决于你问他什么问题"。这样看起来,小河并不是很想说跟阿珍有关的事,刘涛想。然后他就故意说这些乱七八糟的玩意儿。

果然之后的小河像是换了个人,问他任何问题他都说一些戏剧台词,搞得刘涛很尴尬,于是就结束了这场探视。

小河用背影送别刘涛,刘涛也只好转身。走出像是栅栏一般的铁门时,刘涛像是回到现实世界,既觉得踏实,又觉得失落或者说空虚更准确一些。他发现门外站着的狱警有些眼熟,仔细一想竟就是他警校的小兄弟。巧了。

"小白?"他拍了拍对方肩膀。

"哎哟,大刘,是你啊?刚刚我就觉得是你,你来这里看犯人，我都没敢认。你来这里干啥？"

几句寒暄之后，刘涛表明来意，他转而问小白："这个石小河在里面表现好吗？"

"他？闷声不响，几乎不说话。就这次我们搞活动，他倒积极起来。"

"这监狱里还搞什么活动？"

狱警小兄弟笑了笑说："我们领导说要丰富犯人的生活，就说要排练话剧。这个石小河就积极得很，刚刚他跟你说的那几句就是台词吧。"

"话剧叫什么名？"

狱警小兄弟打开手机，说："我找找看，有单子的。"

不一会儿，狱警小兄弟找到了，"《枕头人》。"

哦，刘涛想起来，就是小河跟他说的。"莫名其妙。"刘涛说了一句。这些信息不算，就是一无所获，刘涛这回真感觉有点沮丧。他本来觉得能从小河这里了解到一些关于珍妮的线索，至少，能从侧面了解到珍妮这个人的性格。但这个小河提起女友——或许是前女友，就开始神神道道。

另外一个现实是，这次见小河，刘涛突然心生一种愧疚，甚至称得上不安。但刘涛也没搞清这种情绪是从哪里来的。走出监狱大门时，已是黄昏，今天是周五，外面的车辆还不少。刘涛停在看守所门口抽了一根烟。

他最近烟瘾大了。

30

手机响了,刘涛眯起眼睛看了看,是王全。是不是牌局缺人了?今天周五,凑不够人所以王全打电话让刘涛去凑数?

王全可能还不知道陆少华的事,刘涛想,他一定给陆少华打了电话,但就像上次那样,陆少华杳无音信。

刘涛耳边传来非常轻声的一句,"喂。"

"王全?怎么了?没在打牌吗?"这时候确实应该是王全在打牌。

"那个,你在哪?方便过来不?"对面的王全压低了嗓音,随即电话那头传来声响,是一种呵斥,"嘿!把电话挂了!"

平时慢条斯理的王全原来语速也能这么快,他说:"我这边被警察端了你方便赶紧过来就这样。"然后刘涛的手机发出"嘟嘟嘟"的声响。

刘涛一下子就明白了过来了,这是王全遇见警察了。警察突击检查,检查到王全办公室里去了。刘涛也感觉莫名其妙,难道最近在严打这种赌局?还是说,这是市里反赌专项行动中的一部分？要是这样的赌局都要抓，他很担心局里警力是否充分。民间所谓的小赌怡情，可真是太多太多了，谁没几个三五好友一起打打牌。或者是什么特别的大日子要来了？他想了想，没有。那这就更难以理解了。

怕什么就来什么，王全很自信地咨询律师去搞了这个牌局，结果还是这样。

王全的电话显然是来找救兵的，他认为刘涛可以拯救他。只是刘涛反而心有点虚，上次在老朱家里，要不是谈震带的队，他恐怕也没办法化解这样的危机。警察办案又不是请客吃饭。

心虚归心虚，王全那边不去是不行的。又是一件麻烦事，刘涛心想。

接到了王全的电话之后，刘涛只花了十五分钟抵达河滨大楼。他知道速度就是一切，晚去几分钟，可能连最后一点机会都可能错过了。

楼下警车有三辆，意味着这场行动出动了大约十名警务人员，阵仗不小。刘涛坐电梯上楼，穿过曲径通幽的走道，门口有两位年轻警察站岗。门开着一半，一眼望去，门内的警察正在登记着什么。

刘涛看见了海涛，也看见了老马、老迟。他出示了警官证，门口的警察有点认不清队友，但一摸后脑勺也就让刘涛进入 2409 室。刘涛看见房间最里面王全坐在德扑桌边上，神情落寞，像一个失去了国土的国王。

刘涛穿过几个警察，准备招呼他失意的朋友。

王全看见刘涛来了，并没有很激动。可能他也没觉得局面可以挽救。

刘涛刚想跟带队的老大说话——他的确希望还是像上次那样，如果可以用罚款解决，相信大部分"赌徒"都"完全可以接受"。但这次情况不一样，首先带队的警察不是谈震。带队的大哥，那个高高瘦瘦的警察正在通电话。刘涛听见他说："领导，这个情况需要跟您汇报，这个赌局里确实有个明星，是个公众人物。就是那个脱口秀演员，海涛。"

是的，明星，海涛就是明星。在他上了综艺之后，他的光头形象路人皆知，包括来这里的年轻警察们，他们八成也是综艺的观众。海涛心里也清楚，如果不是正在执行公务，这些年轻人多半会找自己来要签名甚至合影。

签名确实要到了，不过是登记在一张白纸上。白纸的上方写着"情况说明书"几个字。

这正是王全尤其沮丧的原因。在他的场地里，称得上重要和体面的朋友"出事"了，这会让他陷入长时间的自责和负疚。

之前，一个著名脱口秀演员因为在家聚众吸毒，被无限期停止了演出，公司和他解除了所有合作关系，商务活动全部喊停，代言撤下。换句话说，社会性死亡。在所有媒体报道中，他的名字只会出现在法制新闻中。而海涛，在所能预见的未来会面临什么样的境遇，这是王全不敢想象的。

聚众赌博和聚众吸毒，在法理上接近。

海涛在角落里坐着，低头玩着他的吉祥物。这是他打牌时会放在筹码上的东西，用来祈求好运。刘涛看不见他的表情。宠辱不惊，刘涛想到了这个词，海涛受宠，肯定不惊了，他拥有万千粉丝，马路上、餐厅里，他如果不注意遮蔽自己的脸，就会被发现。这次看看他在另一种情况下，会怎样？

刘涛跟海涛并不熟，他只是在手机视频上看过海涛几个流传甚广的段子。其中，有一个段子是说他去当银行柜员。面对一个逼仄的柜台营业空间，他在台上扭捏地说："领导，那我可进去了。"这个段子在舞台上表演时曾为海涛赢得了不少掌声——这次，段子成为现实，他真的需要这么对领导汇报一下了。

"同志你好。"刘涛终于想到自己来这里要做什么了。

"怎么了？"带队警察看了看门口，好像非常意外手下让这个陌生人进入现场。

"是这样，我也是警察，你们这次……"

还没等刘涛说完,那位警察的手机又响了,"好的领导,我们很快就结束行动了。领导放心,我们不会出岔子。"

听完,刘涛决定吞下刚刚想说的那些话。

王全,真是个坏朋友,坑害了朋友。但对刘涛来说,这次坑害了朋友的人或许反而是海涛。刘涛很清楚刚才那个带队的警察说的,意味着什么?如果不是海涛,怎么可能需要出动三辆警车?如果不是海涛,这个局值不值得警察来一次都是个问题。此外,最重要的,如果不是海涛在这里,没准靠刘涛的那张警官证,上前打几个招呼,这个事情没准可以摆平——"罚款了事"?但一个公众人物,情况变得微妙而复杂,对方不敢轻易作主。

刘涛想了想,大概王全和海涛这次算是互相坑害。没多久,现场手续办完,他们就都被带走了,一个不剩。这一个夜晚,王全和海涛他们恐怕都要在派出所度过,连带着老迟、老马等一干"陪客",以及茉莉,一个倒霉的发牌员。

这个世界上,只要有倒霉蛋就会有幸运儿,那这次的幸运儿是谁呢?刘涛的思维还算奇特。除却他知道的陆少华,他已经"幸运"地离开了这个世界,还有一个人。刘涛想起来了,还有一个人。对,怎么珍妮不在?为什么珍妮又恰巧不在?说"恰巧",是因为刘涛突然想起老朱家那次被警察端走时,他们说,除了两个有狗屎运的家伙提前走了,那个常常来发牌的发牌员珍妮,也"恰好"不在。于是他感受到了什么似的,上前问那个带头的警察,"同志,是不是有人举报,你们才过来查的?"

那警察并不给刘涛面子,"你不也是警察嘛,别多问了。"他冷冷地说,并且准备收队。

热脸贴了冷屁股之后的刘涛也没有放弃努力,他马上掏出手机给顾湘发消息:

帮我查一下珍妮。她住哪?她在哪?立刻。马上。

顾湘很快回复了消息:收到。马上查。

如果刘涛的思路没错,一切渐渐明晰起来。这个珍妮,就算她没有杀人,那一定也有另外的动作,不然不会这么凑巧地躲过这么多"突击检查"——刘涛现在恨不能直接把她拉到问讯室问话。但这个手续恐怕现在,至少现在办不成。一切都还只是刘涛个人的推测。

刘涛决定自己去探一探,探一探虎穴。

十分钟后,顾湘给刘涛发来了虎穴的地址:襄阳南路1443弄21号108室。

公安系统的大数据真是无所不能,刘涛上车开启导航,导航显示需要三十五分钟。三十五分钟,不算太久。

刘涛想着如果珍妮在家,敲门之后,他对珍妮说的第一句话是不是应该是"好久不见",或者是"又见面了"。

31

襄阳南路是一条单行道,从肇嘉浜路自南向北开了几百米,刘涛把车停在 1443 弄边上。隔着一堵围墙,里面就是 21 号。108 室,他需要进了巷子才能看到。上不上去敲门?刘涛点了一根烟,准备思考一下。

顾湘发来消息:师父,你到了吗?

刘涛回复:到了。

顾湘问:需要我来吗?

刘涛回复:暂时不用。

然后他收起手机,转头看了看深邃的巷子,连个路灯都没有,一眼望去像个黑洞。刘涛已经很久没有看什么东西像是个黑洞的感觉了。他想起中学里,他问陆少华一个问题:"你觉得宇宙是有限的还是无限的?"陆少华是班里数学最好的人,但刘涛觉得,这是一个物理问题,至少是个天文学的问题。结果是陆少华用数学方式解答了:"空间的有限还是无限,取决于时间。"

当时刘涛就听懵了,而陆少华笑嘻嘻地说:"爱因斯坦是这么说的。"然后他说了一个方程式,刘涛当然听不懂也记不住。

后来刘涛才知道爱因斯坦还有另外一句话，"时间和空间是人们认知的一种错觉。"这句话刘涛莫名其妙就记住了，在很多次办案时，在很多次办案走到困境时，刘涛就会想起这句话。

刘涛后来虽然读了警校，但对物理也好天文也好，都还算感兴趣。他一直记得他问陆少华的那个问题，也一直记得陆少华的那个回答，甚至记得当时陆少华还有一个补充。陆少华依然是带着微笑，那种自信满满的微笑说："你如果认为时间是无限的，那么宇宙就是无限的。如果你认为时间只是宇宙大爆炸的一个过程，那么，宇宙就是有限的。时间结束的那一刻，宇宙的边界就在那里。"

听着很玄妙，但也很容易让人信服。陆少华在刘涛心里的地位，就是陆少华当年这个答案奠定的：一个特别聪明的人。

年少的刘涛于是放弃了早已准备好以为是标准答案的那个答案。他之前设定陆少华会这么回答："宇宙当然是有限的。"然后他就可以反问一句："那么宇宙外面是什么？"宇宙外面，一无所有，后来刘涛这么相信："时间和空间是人们认知的一种错觉。"这是刘涛最后选择信任的一句判断。

那么，这个深邃的巷子，其实并不深邃，这是刘涛的错觉。

果然并不深，刘涛走了五十来米就走到了尽头。而108室，从头至尾，处在黑灯瞎火之中。

刘涛在珍妮屋外的小院里，等了一晚上。他想了一些往事，抽了半包烟。往事和烟之后，珍妮还是没有出现。

早上，他准备回家睡一觉。他想了想，还是准备找一个"老师"咨询，就微信问了顾湘："你说珍妮这样一个女孩子，如果一晚上不回家，会去哪里？"

顾湘刚起床，看到她的师父的这个问题，纯粹没带思考，"那就不在上海，回老家了吧。"顾湘回复。她并非上海人，和珍妮一样。因此对这种情况的预判没准是对的。

扑空了。反侦察意识——刘涛脑海里闪出了这五个字，甚至有可能是惯犯。

在珍妮家守候了一晚，结果扑了个空，回家后的刘涛仅仅睡了几个小时，早上九点半去所里"打卡"。

"刘哥，领导说你到了直接去他办公室。"同事看到他就积极传话。

刘涛拖着疲惫的身躯刚进局里就要去报到——他突然想起来上周的周报还没交。每周五晚上领导都要收大家的周报。"完了，这要挨骂了。"他用手贴住了脑门。

三分钟后，刘涛敲了敲门，推门而入，领导坐在桌后，好像等了他很久。"刘警官这几天很忙啊。"领导开销他，"是不是忘了给我看什么东西了？"

"对不起对不起，昏头了，领导我错了，我待会就补给您。"

"我跟你说，那个反赌专项行动就快收官了。"领导喝了一口茶，"特别行动组效率很高，犯罪团伙的组织都搞清楚了，现在就等着收网。你那边如果动作不快，我可就不把你这个案子放进去了。"这个案子不放进去，也就意味着刘涛之前所得到的"特权"就要被收回。

"领导，能不能再给我一点时间？快了，真的快了。"

"那你跟我说说，现在你进展到哪一步了？下一步计划又是什么？"

"我要去一次嫌疑人老家，走访一下。"

"老家？"领导邪笑一番，"康桥吗？你自己要回老家吧？"

领导误会了。但这也不能怪领导，上上周的汇报里，刘涛对这个案件锁定的嫌疑人，写着的是陆少华。领导还问了刘涛："要抓同学下得去手吗？"刘涛没说什么，只让领导放心，相信自己的职业精神。这就难怪领导误会了刘涛老家的指向。

"不是，领导，我的同学，那个陆少华，他死了。"刘涛还没来得及写报告，只能一字一句地口头补充报告。

领导忽然就把脸沉下去了，"啊？这是怎么回事？刘涛，你仔细、完整地说。"嫌疑人死了，那就意味着案件变得更复杂。陆少华案件的管辖完全不是刘涛这边，因此刘涛的领导对这个案子的有关进展并不完全知情。

刘涛当然没有采纳陆少华在家"上吊自杀"的说法，只是现在嫌疑人还没有清晰，谈震那边的侦破方向也没有眉目，刘涛只是直接把法医报告说了出来，也补充了一些自己对死者的了解："领导，我熟悉他，他这个人，又聪明，又怕死。只是一般的聪明人，他不会自杀。他不是自杀，背后还有凶手。现在我只是不太能确定，这两个案子之间的关联。我怀疑……"

"你可以怀疑，但需要证据。"领导说了一句正确的废话，但他能够感受到刘涛的敏感，先后两个死者都是刘涛的同学，正当领导想要说点关照和体贴的话语，刘涛就继续了报告："我看了他的手机。另外，他老婆我也问询过了，只是目前掌握的信息还不够充分。法医那边先排除了自杀，我这边也开始了调查。"刘涛说完这句，再次想起陆少华关于宇宙是有限还是无限这个问题的回答，他不知道前路还有多长，但肯定不是"无限"的。

可是这么一想，反倒是不那么确信了。俩人陷入了短暂的沉默。沉默之中，领导递过来一根香烟。

"还是领导办公室好。"刘涛说。

"可以抽烟，对吗？"

"对啊，我抽烟都得到楼道里。"

"你小子知道个屁，上个月市里面来检查，就为了在办公室抽烟，我被罚了半个月工资。"

刘涛哑然失笑，然后回头看了看门外。

"走，我不是让你在这里抽，是咱们一起去阳台抽。"

刘涛跟着领导走到阳台，阳台的风景自然好很多。他帮领导点燃香烟，然后问领导："领导，你是不是特别喜欢打牌？我是说，特别喜欢。"

领导刚好吸了一口烟，又吐出半口，那烟仿佛被什么风吹到他的眼睛里。领导眯着眼睛又皱了皱眉头，说："会，会一点，喜欢可谈不上，谈不上特别喜欢，怎么？"

"你觉得打牌有意思吗？"

"你这个问题，让我如何回答？"领导毕竟是领导，这种陷阱不容易踩下去。领导拿过区里桥牌比赛的冠军，他怎么会觉得打牌没意思呢？但他也不能说打牌有意思，这是政治性的错误。

"领导，那你觉得宇宙是有限的还是无限的？"刘涛问。

32

陆少华回答刘涛这个问题时，正是他对数学最感兴趣之时。陆少华不光对数学感兴趣，对数学家也很感兴趣，他从图书馆借了好几本数学课外辅导，也借了好几本数学家的传记。看传记是一种辅助，帮助赢得来自所学之物的额外奖励。看了那么多数学家的生平，陆少华最喜欢的那个，叫做莱昂哈德·欧拉。

数学家欧拉到底有多牛？为什么就得到了少年陆少华的青睐？欧拉一生共写下八百多本书，整个《欧拉全集》有几千万字，堪比现在的网络小说，总之要不是没有特别的兴趣，一般人根本读不完。当然，陆少华也没打算读完，他只需要被偶像的精神引领就行。

欧拉晚年双目失明，但依然坚持作数学研究，这让陆少华对他更加佩服得五体投地。那时候，他五迷三道，而正是那个时候，刘涛跑过来问他："宇宙是有限的还是无限的？"

"取决于时间。"陆少华答。时间可以改变的东西太多了，甚至包括空间。

陆少华在图书馆看书时也会偶尔站起来抬头看一看操场，看一看绿色。这对视力有好处，谁都不想近视。

就是那一眼，他看到了同学们，拿着篮球，追着篮球，各自飞奔着。而有一个纤细的身影更是吸引了他的注意，那就是燕敏。那会儿的燕敏，少女一枚。当燕敏在一群奔跑的少年之间纹丝不动地站着，她本身也是风景的一

第三章 TURN·转牌

部分。陆少华的视力不错，他皱起双眉仔细看，一身白衣的燕敏和她的同桌正在篮球场边上欣赏着球赛，更具体一点是欣赏着曹峰打球。曹峰一个投篮，姑娘们好像就很紧张；要是投篮进球了，姑娘们就开始跳起来。

那就是啦啦队的样子吧。

可是燕敏，你什么时候喜欢打篮球的男孩的？你不是最喜欢数学吗？陆少华发出了天问。要不是燕敏喜欢数学，陆少华又怎么会喜欢数学呢？这才是数学对陆少华真正奖励的来源。然而那天燕敏在数学课上说最喜欢数学的话，原来是骗人的。

可是，已经喜欢上数学的陆少华还能换一根赛道吗？陆少华心想，我这个子难道白长了？为什么我不能去打篮球？

于是第二天，陆少华就买了一双篮球鞋，并且对范军说："我要加入篮球队。"范军笑了笑，说："少华你别闹了，我们班哪里来的篮球队？"

没有篮球队怎么来的啦啦队？陆少华觉得范军是在欺骗他。

"要不，咱们组一个篮球队吧？"范军说，"我们就四个人，加上你正好五个。正好组一个篮球队。"

"你们哪四个？"

"我和我弟，还有曹峰、刘涛啊。我们每天放学都去篮球场，和其他班的人打野球。可是，你行不行？"范军打量着陆少华全身上下，"个子高不一定就会打篮球。你跳一个我看看。"

跳就跳。陆少华原地一跳，就把范军惊呆了，"我去，你怎么能跳这么高？"

爱情的力量。陆少华大概自己也想不到。

"少华，走，你跟我去篮球场，我感觉你能摸到篮球架。"

于是陆少华跟着范军来到了篮球场。其他三个人都已经在场上了。

"来来来，你们看看陆少华能跳多高。我感觉他他妈的能摸到篮筐。"范军招呼着大家，他改变了标的，他觉得陆少华不仅能摸到篮球架，还能摸到篮筐。

陆少华穿着他新买的篮球鞋，先是往球场的开球点退后几步，深深吸了一口气，然后开始跑起来。这是对爱情的冲刺。一，二，三，跳跃。

"卧槽，牛逼。"其他几个人看到陆少华轻松摸到了篮筐，都惊叹起来。

篮球队五虎就这么确定了。

几天之后，燕敏也没有发现打篮球的男同学多了一个人，她的眼里只有曹峰。燕敏的视线只跟着曹峰走，哪怕她的同桌说："你看刘涛打球也很好看呀。"她也不移开自己的视线。但是，如果篮球滚到了燕敏的身边，又恰好是曹峰跑过来捡球时燕敏就要别过头去，以掩盖自己红彤彤的脸颊。

陆少华刚刚接触篮球，有时候也会把球搞丢了。他投篮也不是很准，各种动作都在范军的指导下慢慢纠正。个子高是陆少华天然的优势，在篮下，他一伸手，就挡住了其他人的去路。摘了球之后，他用力一抛，往往就能精准定位到范军，或者是范奇的手里，偶尔也能定位到刘涛手里。陆少华有意识不给曹峰球，任凭曹峰跑的位置多么合适、无人看防，他就是不传。他就是不想让曹峰再吸引燕敏的目光。

曹峰慢慢也察觉到陆少华有点针对自己。但他起初想不出是什么原因，这个陆少华，平时也没过节，他一起加入打篮球，曹峰也是笑脸相迎，主动伸出手来紧紧握住的。那汗哒哒的手虽然湿润了一点，可是男人之间不至于计较这个。

曹峰也是一个心思细腻的人，他没有主动问为什么，因为这很微妙，一个传球，为什么不传给我？对方可以说出一万个理由。问出来，反而显得自己格局很小、气量很小，过于敏感。当然，他早就发现那个叫燕敏的女同学总是来看他打球，他心里是得意的，甚至当燕敏就在篮球场边上驻足时，他打起篮球来更有激情，更有表现欲。直到陆少华总是拿到篮板不传球给他，他才丧失了表演的舞台。

曹峰真的聪明，也是真的细心，就几个眼神，他居然想到了，是陆少华喜欢燕敏，然后燕敏总是为自己的表现鼓掌，才导致陆少华针对自己。但是他想到这个答案之后，没有马上想到解决的方案。

范军能察觉出点什么来了，大家休息时他坐在曹峰身边，问："怎么了，今天你怎么不开心的样子？"

"不是今天好吗？是好几天了好吗？"曹峰没有直接回答，而是抛出了一个新的问题给范军，"你喜欢她吗？"曹峰指了指远处恰好经过篮球场的女孩。不是恰好经过，燕敏总是故意经过而已。

范军顺着曹峰手指的方向望去，也没什么迟疑，马上别过头，继续看着今天不怎么开心的曹峰，只是他黑黝黝的脸上看不出是不是变红了，"干嘛问我这种无聊的问题？"范军生气地说。

看到范军生气，曹峰马上就乐了，"啊哈，你喜欢她！"今天的曹峰开心了。就是这样，曹峰找到了解决他和陆少华之间嫌隙的方法。盘算一番之后，他的方法是，把燕敏和范军搞到一块去，这样，陆少华就不会再针对自己了。真是一个完美的方案。何况范军还真的喜欢燕敏，天助我也，曹峰心想。而且他更加得意的是，燕敏大概率是喜欢自己,不然她老跑到篮球场来干什么?难道是喜欢篮球吗?

可是范军这个木头怎么让他去开口呢?第二个问题是,要是范军开口了,而燕敏拒绝了,这不是弄巧成拙?曹峰心想,这件事自己一个人可能干不成,于是他找到了范奇,范军的弟弟。

范奇说:"哟,这个忙我得帮。"他说完哈哈大笑。他眼里的大哥是个假正经,但他也早就知道他哥喜欢燕敏这件事,仿佛范军黑黝黝的额头上写着燕敏的名字一样容易让人猜得着。

范奇的招数其实有点过分了,但很成功。

范奇认真地问:"曹峰,你是不是真的要撮合我哥和燕敏?"

曹峰认真地点头。

"那你能不能气一下燕敏?"

"怎么气?"

"很简单,你只要去跟燕敏最看不上的女生聊天就可以。要聊得火热,还要让燕敏看到,让她知道。"

曹峰想了一下,这个牺牲说大不大、说小不小,总体而言应该是值得的。但谁是燕敏最看不上的女生呢?似乎没有。燕敏似乎跟所有女生关系都还可以,只是跟同桌关系更好一点。难道要让曹峰自己去问燕敏最不喜欢谁?

燕敏最喜欢的曹峰知道了，燕敏最不喜欢的曹峰可不容易知道。

一个女生喜欢一个男生可能并没有什么特殊的理由，如果帅气的长相是其中的原因，但帅气本身也没有特别的标准。单纯眼睛的大小、鼻梁的高低，这些曹峰的绝对值并不是这几个男生中数值最好的。可是怎么办呢？喜欢就是喜欢。要让一个青春期的女孩从喜欢一个男孩到讨厌一个男孩，并不容易，但也不是没有办法。比如说，气到了。

曹峰是怎么让燕敏生气的？燕敏和曹峰两个人后来各执一词，说不清了。

曹峰的版本是，当时他说了一句"气话"，用了一个"诡计"："你只有当我哥们的女人，我才可能喜欢你。"于是燕敏就成为了范军的"女朋友"。

而燕敏的版本是，当时曹峰对她爱搭不理，甚至好几次在他们迎面相遇时他把范军推到了自己身上。她被范军撞了一个满怀之后倒在地上，见此情此景，其他人都作鸟兽散，包括曹峰，但范军没跑，也没有马上来扶她。直到她的同桌骂了范军几句，"你这个黑傻子怎么撞了人不扶人？"然后范军才不怎么情愿——或者是比较害羞地过来拉了燕敏的手。

燕敏的手很嫩很滑，范军拉过之后印象很深，心跳很快，脑子嗡嗡的。而燕敏呢，她突然觉得范军的手很结实，抓住了之后，很有安全感。加上范军对自己说着对不起的样子，甚至也有那么一点可爱，这才让燕敏决心——"气一气"曹峰。

真的，一开始燕敏并没有对"把自己的一辈子交给范军"这样的想法有什么坚持，甚至不觉得会那样。她完全不觉得。她只是想看看那个曹峰会怎样，自己如果和范军走得近一些之后，那个曹峰会有什么奇奇怪怪的反应？好像没有什么反应。只不过，时间久了，范军好像真的是一个可靠的人。他在男生之中有很高的威望，对自己也是尽心尽力，温柔照顾。

范军的心里装了燕敏之后，就真的拔不出来了。

他们开始了正式的恋爱，五年长跑之后，结了婚。

后来，至少在曹峰和燕敏两个人的回忆里，出现了一些不同细节上的差错。但那个已经不重要了。

偶尔曹峰会狡辩："我那时候不知道你这么好。"

33

就在曹峰解决了他的"问题"之后，也就是燕敏和范军开始走得很近之后，陆少华却并没有因此马上宽待曹峰。当然，虽然谈不上"宽待范军"，可是陆少华确实找不到什么支撑他对范军做出什么特别的举动。一切都是微妙地涌动着，暗流而已。

随着球越打越多，这些微妙的东西慢慢稀释了。

陆少华原本就相对沉默内向，现在就更没必要装开朗活泼。他的不苟言笑成为了自己性格的标签。这样也好，不费劲。做自己是最轻松的。他只要好好打球就行了。"没必要在燕敏面前表现自己了"——他对自己说。"但必须把球打好，至少燕敏是看得着的。"他又对自己说。

那是一段光辉的岁月，五个好兄弟，表面看起来越来越默契，实际上彼此的感情也在偷偷增加着。他们甚至在《灌篮高手》这个风靡了所有中学生的动画片里各自找到自己的角色，以此自我暗示也好，自我鼓励也好，总之他们就是越来越强。

赤木刚宪，范军。坚毅，领导力，责任心。一个团队的精神领袖。

宫城良田，范奇。强大的辅助能力，向心力。

曹峰，樱木花道。出众的得分能力和油嘴滑舌，这两者都需要才华。

刘涛是流川枫，那只是因为刘涛姓刘。

陆少华自称三井寿。在那个动画片里，另外一个厉害的家伙。沉默不语，性格乖戾，但，也很强。

这五个家伙组成的小团体在学校里所向披靡，无论正式比赛还是打野球，大家都望而生畏。最终，他们被学校选中代表康桥中学去打区一级的比赛，训练了几个月，头破血流，挥汗如雨，不出意外，他们拿到了冠军，留下了那张每个人都很珍视的合影。那张照片被印了十几份，每个人拿了自己的一份，学校收藏了几份，还有几份被区里挂在专业的篮球学校。

他们的光辉成绩同时也成为了老朱的光辉成绩。老朱把这张照片放在家里，只不过没有挂在客厅——是在卧室里。孙老师也知道，老朱特别喜欢那一届学生。

夺冠的合影其实就是燕敏拍的。本来老朱要拍，但他的学生们在欢呼中已经把老朱挤进了篮球五虎之中。老朱最后时刻把相机丢给了燕敏。

燕敏看了看镜头，甜美地笑了笑。是的，镜头里的他们每个人都很可爱，除了那个曹峰。但算了，她还是选了最美好的那一刻，按下了快门。

随后，场馆里循环播放着熟悉的《灌篮高手》主题曲——《直到世界尽头》。

"这首歌叫什么名字？我会永远记住这个旋律的。"刘涛表现得很激动，他问陆少华。

"应该是《直到世界尽头》。"陆少华答道。

听到这个歌名，刘涛乐了，擦了擦还在不时流出的汗水，他继续问陆少华："那你告诉我，时间是有限的还是无限的？"

"我只知道快乐的时光总是短暂的。"陆少华想了想，说。快乐的时光总是短暂的，陆少华很早就知道这个道理。那怎么把快乐的时光延长呢？

研究数学时，他看了一些关于颅内高潮的说法。颅内高潮，就是脑子有病，很快乐，很满足，很兴奋。赌博，性爱，吸毒，是最容易让脑子有病的方法。要找一个距离自己最接近的能让自己脑子有病的方法。

赌博。只有赌博。

为什么赌博距离陆少华最近？陆少华心里清楚得很。赌博，就是概率。概率，就是数学。所有数学的天才，都是潜在的赌徒。

陆少华是什么时候爱上赌博的？那天他看到一则新闻，一个中国人赢得了史上最高买入比赛的冠军："在传奇扑克（TRITON POKER）百万慈善赛中，中国玩家臧书奴夺冠并获得 13,779,491 英镑的冠军奖金（约合 1.162 亿人民币），将这场历史上最高买入比赛冠军奖杯留在了中国。"

他在手机上看到了朋友圈的一则转发，点进去看到了那个冠军的样貌，年轻，帅气，充满自信，这就是陆少华想象中自己应该是的样子。赢得荣誉，赢得快乐，赢得金钱，这也是陆少华想象中自己应该有的人生，然后赢得自己喜欢的女人。在他的生活里，天应该都是蓝色的，水应该都是清澈的，所有人都应该喜欢他、尊重他。

但是很遗憾，自命不凡的陆少华高中没考上市重点，大学没考上一本，回到康桥卖了几年保险，然后和小芬结婚，靠的是相亲。小芬是一个普通的女孩，哪哪儿都普通，普通的家庭出身，普通的身高，普通的长相，普通的身材。她关心普通的事物，比如菜场和电视剧。

在老朱把德州扑克带到康桥来之前，陆少华早就打了好几年德州扑克的锦标赛。他和小芬之间对德州扑克锦标赛是不是一种"赌博"而产生严重分歧。

对小芬来说，打牌就是赌博；对陆少华来说，打牌就是数学。

事实证明小芬可能是更接近真相的一个。哪怕是打德州扑克的锦标赛，陆少华也花了不少钱，"买入"参赛资格。

还记得那次锦标赛，陆少华面临最后一次跑马。他是AK，对手是QQ。陆少华很清楚从数学上来说，他有接近一半的概率赢得底池，继续活在比赛里，继续争夺那个冠军。

可数学是数学，现实是现实，他输了，五张牌一张一张被发牌员送到牌桌上，既没有发出A也没有发出K，且因为陆少华筹码比对方少，无奈出局。

那个手持QQ的家伙放肆地庆祝着这一手牌跑马的胜利，举起双手，大叫几声"牛逼"。而陆少华只能站起身子，离开座位。

如果再前进几名，他就会进入奖励圈的，但他没有。奖励圈是五万，现在陆少华没有得到这五万，他就没有办法回去跟小芬交代。

小芬要的交代，是银行卡里存款数目的稳定。

沮丧就像一件紧身衣穿在了陆少华的身上。穿着"沮丧"的陆少华走出比赛场地，坐在街边抽烟。

最终陆少华决定找曹峰借钱。他有着他最说得过去找曹峰借钱的理由。

于是他掐掉烟头，给曹峰发了一条微信。

34

和曹峰发生关系的第一次，珍妮觉得自己脏透了。她悔恨不已，但又无法拒绝。事后她在洗浴间洗了大约半小时，一度都让曹峰怀疑她在里面是不是出了什么问题。

曹峰犹豫再三，喊了一声，"没事吧？"

"没事，马上就出来了。"珍妮答应道。

"我还能等他出来吗？我要等他出来吗？"珍妮在喷头下淋着热水想着。走出淋浴器所能覆盖的范围，她想的依然是这两个问题。

"我要等她出来吗？"曹峰在洗浴间门外也这么想着，"还是再进去，和珍妮再做一次？"

二十年，这漫长的约定，有点熬人。不是每一刻的想法都那么确定。珍妮了解自己，也了解这几年自己身上的变化。二十年等待一个男人，值得吗？这个赌注看上去是她的青春，其实不是。

淋浴间外曹峰开始敲门，幸好珍妮进门时上了锁。不然曹峰这时候已经冲进来了。

珍妮并不讨厌曹峰，相反，和曹峰发生几次关系之后，她的变化比自己想象的还要快。她适应了曹峰在做爱之后继续抚摸，甚至谈得上享受。

悔恨渐渐在消失，也许是该要迎接新的生活了。珍妮想。这是让珍妮最恐惧的念头。恐惧带来不安，带来摇摆，珍妮渐渐把过去所发生的一切都要忘记了。

她还记得小河对她的誓词，但今晚，曹峰也带来了他的誓词。

"我会保护你，保护你的未来。"曹峰在珍妮身边认真地说。

"你保护我的未来，那我的过去呢？"

过去？曹峰对珍妮的过去几乎一无所知，除了知道珍妮的老家在哪之外——珍妮也不说，曹峰也不问。过去的已经过去了，对于成熟的人来说，不停地追问过去，显然并不是增加和维系感情的妙方。

珍妮的过去有其他人已经保护起来了。就是其他人的保护，才让珍妮现在还平安无事地活着。

珍妮自有自己的使命，她知道。她必须完成自己的使命。

前一天她看着曹峰熟睡的样子，笑了。她想起要做的事，又叹了一声气。

最近曹峰开始持续咳嗽，这影响了他的身体状态。夜里，他经常咳得不能入眠。他去买了不少药，结果并不令人满意。连续咳嗽之后，他常常觉得肺就要从喉咙里跑出来，他甚至能感受到他肺的形状。"珍妮，今天咳嗽还是没好。"他给珍妮发去微信。

"那我明天来陪你，可以吗？"珍妮像是哀求一个机会去陪伴曹峰。

曹峰说："当然。你随时可以来。我们都是成年人，且都是自由身。你会陪我很久吗？"

"会，如果你需要我。"珍妮说。珍妮补充，"但我有一个要求，每次聊完天后，把我们的聊天记录都删除。每次聊完都删干净，清空。你能做到吗？"

"啊，为啥？"曹峰不是很明白。

"点击右上角三个点，往下滑，倒数第二行'清空聊天记录'。"珍妮指明方向。

曹峰单身，珍妮未婚，他不知道珍妮为什么如此谨慎。当然，他和珍妮的关系确实也不算光明正大，至少他并不希望同学和老师们知道。但珍妮要做到这么仔细，只能说颇费苦心。

到底为什么呢？从大局上来说，珍妮占理，小心驶得万年船。曹峰只能顺从，删除了所有和珍妮的信息，并且按了截屏键。选择，发送。以表示自己确实做到了。

珍妮看到截屏，放心地放下手机。

一度珍妮是想杀曹峰的，只是一度。不曾想会发展到现在这个境地，杀也不是，离开也不行。曹峰是珍妮最初确定的目标，陆少华带她去发牌的第一天，她就确认了就是曹峰。甚至曹峰的发型过时得跟她父亲那么接近。

那一年，吹着中分发型的珍妮父亲拿着刀抵在珍妮的房门口，"狗娘养的，再不开门有你们娘俩好看。"

珍妮的父亲老程又喝多了，打骂了几句，但遭到母女俩的激烈反抗。珍妮的母亲甚至从厨房拿出一把切菜刀用来自卫。太愚蠢了，那把刀很快被老程抢了去。举着刀的老程看上去更可怕了，珍妮的母亲迅速拉着小珍妮躲到里面房间，反锁之后，还用小板凳抵住房门。自然，两个人也不能离开,她们还得用力坐在小板凳上。

"快开门,别不识抬举。别惹我。"

"老程,你先认错,放下刀,我们再开门。"母亲小心建议。

"放你娘的狗屁,快开门。"老程用刀在门上开砸。刀柄砸了两下之后,他意识到不行,就反过来用刀正面劈门。就像砍柴,那声音连珍妮都听得出来。珍妮哇哇大哭不停。

"爸爸,别砍我们。爸爸,别砍我们。"哭泣的间隙,珍妮还代替母亲求饶。

那恐惧是真实的,珍妮至今记得。她听不得半夜有人敲门,哪怕是白天,尤其是声音大一点,她也浑身紧张。有时候快递或外卖小哥不注意,会砸门,那时候珍妮就会出去骂骂咧咧两句。但没用,这种骂骂咧咧也掩盖不了她内心对那种声响的恐惧。她以为会好的,但一直没好。或者说,一阵一阵的,时好时坏。

这次是陆少华敲门。站在珍妮家门外的陆少华睡眼惺忪,看来昨晚他睡得并不好,一副心事重重的样子。

想到下午没有牌局,又没有德州的比赛直播,这让陆少华意识到对自己的生活必须有所安排。思前想后,去珍妮家吧。不跟珍妮说个透,陆少华胸口仿佛总是有个什么东西堵着。但是又怎么开口呢?

第三章 TURN·转牌　175

珍妮租住的小区保安认识陆少华。陆少华几乎毫无阻挡地来到珍妮家门口,按下了门铃。珍妮从猫眼看了看,给陆少华开了门。"哎,也不跟我提前说一声?"珍妮责怪陆少华搞突然袭击。

"难不成你这边有人会不方便?"

"那可不一定,说一声比较好。我说你,你怎么就不死心呢?"

"我为啥要死心?好好,下次我提前说。"陆少华笑着赔罪。

"昨晚你说我的事,我还是想跟你探讨一下。"陆少华表明来意,见珍妮没有回应,就追问了一句,"你在干吗?吃过了吗?"

"这个点没吃,我就饿死了。"珍妮说,她坐在客厅桌子前,桌上摊着一些纸张,"要不你帮我选选,哪种纸好看?"

陆少华走近,仔细端详了一下,"你要干啥?"

"写信啊。这不就是信纸吗?"

珍妮让陆少华选信纸算是挑对人了。她虽然不相信陆少华有足够资金去打牌,但是她相信陆少华有足够审美去帮她作选择。

陆少华接收到这个任务之后高兴地说:"你知道不知道,我怎么认识王全的?"

"知道，是在你们同学的婚礼上。"

"对，是在刘涛的婚礼上。"

珍妮略略一惊，但她并没有表现得很明显，"刘涛？"

"哦，我的另外一个同学。你没见过。"

哦，珍妮稍稍平静了一下，这个名字是常见的名字，她想。

"上中学时我们都有笔友嘛，王全是刘涛的笔友，当时我看到王全给刘涛写信，用的信纸真的漂亮。很讲究，还不带重复的。我觉得王全就是一个有很好审美的人。后来我见到王全，就觉得很亲切。"陆少华讲得挺高兴，"对了，你要给谁写信？"

"我？我写信给公安局。"珍妮说。

直到最后，陆少华依然以为珍妮这句话是一句玩笑话，"不可能。是写给哪个小狼狗吧？"

珍妮没有搭理陆少华，她说："你走开，我真写信呢。"

陆少华就悻悻走开，他选择去珍妮家狭小的阳台上坐下，点燃一根烟。看得出来，这个阳台的使用率并不高，椅子都是脏的。陆少华用手摸了摸，只是不管了。

没多久，珍妮的工作已经完成了。陆少华回头，恰好看见珍妮收起了信纸并且小心翼翼折了折，"给小狼狗写信写完啦？"他从阳台走进来。

珍妮这时候已经写完信封上的地址，她轻轻粘好了信封，用手指用力按住自动封胶，微笑着转身，说："小狼狗？你帮我介绍一个？"

"我已经帮你介绍过一个了，你还不满足？"

"你说他有什么意思？"珍妮说，"你知道这么多，这不是存心让我难过？"珍妮会难过，但不会在陆少华面前难过。

"我现在更难过。"陆少华从珍妮身后试着抱住她，但珍妮很快一个抽身，避免双方的尴尬。

珍妮内心深处想，真是一个不知死活的男人。

35

珍妮和曹峰算不算陆少华介绍认识的呢？算。如果不是陆少华把珍妮介绍给朱老师，珍妮去朱老师家里发牌，珍妮又怎么会认识曹峰。

第一次见到曹峰，珍妮就有感觉了。什么样的感觉呢？那就是曹峰像她父亲。

曹峰那天是喝了酒来到老朱家里打牌的，这一点也像她的父亲。"哟，真有发牌员啊？范奇说今天来一个妹子发牌我还不信呢。"

陆少华在一边说:"老朱说可以来试试。我就把她叫来了。"

"那师娘小费都要被人挣了去了。"

老朱骂骂咧咧说:"你们师娘缺这点钱吗?"

"师娘发牌也累,这样挺好的。"范奇打圆场。

珍妮第一次去老朱家发牌,听了陆少华的建议,穿得很传统,换句话说,很保守,并没有体现她的身材优势。仅仅靠发牌技术和筹码的归整,她就已经让大家玩牌的体验上了一大台阶。

老朱本来只是随口一说,如果有发牌员也可以叫来。他知道陆少华在外面玩得多,就专门嘱咐了一声。师娘发牌确实累,一发就得四五个小时,不带休息的。发错了,算错了,有时候也让老朱不好意思,只能靠着长辈的身份来修正,或者说弥补老婆犯下的错误。

另外就是,大家都给师娘小费,这让老朱也觉得别扭,收也不是,不收也不是。都是自己学生,也不想挣这个钱,他发自心底喜欢这些学生。看到这个外来的和尚,珍妮,专业素养也有,大家也都喜欢,就慢慢接受了这件事。

没想到才几个月,也不需要珍妮来了。

而就几个月的时间,珍妮和曹峰却已经偷偷勾搭上了。

这里也只有曹峰是单身，表面上是这样。珍妮在牌桌上虽然很少说牌局之外的话，但是她是带着耳朵也带着眼睛的。

就是第一次，曹峰打了一晚上醉牌，奇怪的是居然也没输钱。他每收一个池，都异于往常的大方，给珍妮很多小费，一次比一次多。

"你是以前嫌弃师娘发得不好？"师娘都看不过去了，嗔怪一句。

不过曹峰确实赢得多，"不是啊，师娘，你看这妹子真的给我发大牌。不给不行啊，对不起牌神老爷。"无法判断那个脸笑嘻嘻的曹峰是不是已经酒醒了。

只是珍妮说了一句"谢谢老板"之后头也没抬起来，她默默整理着筹码。曹峰看了她一会儿，一直等她抬头那一瞬间。

走出朱老师家时，曹峰故意停顿了一下。范军和范奇两兄弟吹了几声口哨。兄弟之间，了解得很。听声音，主要是范奇在吹。曹峰摆摆手，示意他们放过自己。

曹峰终于等到珍妮走出老朱家的别墅，不过珍妮身边还有陆少华。"敢问这位妹子家住哪里？"曹峰问，不知道是在问陆少华还是问妹子本人。

"淮海路附近。"陆少华知情，报告。

"淮海路啊，有点远哦。那我送她回家吧。"

"不用了，我们都是自己打车走的。规矩。"珍妮说话轻声，但意思挺清楚。珍妮知道，第一次就让人送回家并不妥当。

"曹峰你别闹了，你喝了酒还能开车？"

"咋了？我就不能找一个代驾送一下姑娘吗？"曹峰嬉皮笑脸的样子确实让人讨厌，也让人招架不住。

第二次打牌时，曹峰并没有喝酒。在这之前他已经从陆少华那边拿到珍妮的微信。陆少华必须给曹峰，因为曹峰也给了陆少华想要的东西。那次打牌，曹峰心不在焉，一直摆弄着手机。他在等待对方看手机，并且回复自己的邀约。但是珍妮是一个专业的发牌员，她只在一个长考的间隙看了看手机屏幕。她本意是要看时间的，恰好范奇喊了一声"call time"，显然范奇不耐烦了。

那是陆少华在进行一次长考。他左顾右盼，希望从对手那边得到一些有用的信息，但很遗憾，对手低头，面无表情，整一个 poker face。最后陆少华放弃了底池，他叹了叹气。而对手秀出了空气牌（注：没有任何牌力的牌），一个精彩的 bluff。

而珍妮看到了手机里曹峰要约她吃夜宵的信息。

曹峰在那场牌局没有赢钱，但他得到了他想要的机会。他不像第一次那样给发牌员很多小费。他换了个方式，给珍妮买了奶茶。虽然他买了十几杯各式各样的饮料

第三章 TURN·转牌　181

带到这里，但只有给珍妮的那一杯是自己亲手递上去的。

众人起哄，但曹峰也不是十七八岁的小孩子，哪怕其他人都在起哄，他都一脸真诚地看着珍妮的脸。曹峰如此公然追求一个新认识的姑娘，这在大家眼里是常见的甚至是习惯的，但这次曹峰确实比起以往更加不吝啬自己的主动，仿佛他是在表演一种追求异性的方式，一种范式。

幸亏珍妮也不是十七八岁的小孩子。她接过奶茶，一句熟练的"谢谢老板"。

"不要叫我老板。"

"那叫你什么？"

"希望有一天，你叫我老公。"

珍妮按下手机键盘上的省略号回复了过去。

"晚上夜宵。"曹峰发来邀约。

三个小时后，两人一起出现在康桥镇上唯一一个港式茶餐厅，看来珍妮是接受了曹峰的邀请。

这家茶餐厅挂羊头卖狗肉，白天做茶餐厅，晚上是小龙虾的生意。说是营业到凌晨四点，但大部分时候到了两三点就会打烊，因为实在没有客人了。老板照顾员工，说到了两点没人就可以关门。这天两个员工面面相觑，他们无法关门。

曹峰和珍妮点了很多小龙虾，主要都是曹峰点的。他像个东北人一样，认为桌上如果没有放满菜肴，就会显得请客的人小气。

白灼、十三香、蒜蓉，各来三斤。服务员惊恐的表情仿佛是在问，你们到底几个人？曹峰摆摆手，然后又点了一盆蛋炒饭。

"你胃口真好。"珍妮说。

"那是见了你才这样的。我一个人不吃都行。"

"为什么见了我就胃口好？"

"不知道，可能是心情愉悦吧。"曹峰笑了笑，这一回他尽量显得自己很质朴。

三斤白灼小龙虾上得很快，配齐了芥末、生抽酱油，曹峰还特地叫了醋，"这白灼小龙虾，冰镇起来更好吃。"曹峰说。

珍妮点头，然后她默默剥了一只，很熟练，完成之后递给曹峰。但是看着曹峰的珍妮并没有笑。

而曹峰心想，这姑娘……这么主动的？他配合，但没有伸手去接，而是把脑袋往前蹭，同样没有笑。这时候哪怕是一点点的笑，都是会让双方笑场的。

而珍妮却忍不住先笑了，然后收回了那只已经被剥好的、香甜可口的白灼小龙虾。珍妮往自己的嘴里一塞，一边嚼着，一边开始笑得合不拢嘴。

"哪有你这样的？"曹峰假装恼羞成怒。

"我要是现在给你剥龙虾，你三天就不稀罕我了。"

曹峰顿时觉得眼前这个妹子是有故事的人。他只考虑了几秒钟，三下五除二，迅速剥了一只小龙虾，然后递给珍妮，递到了那张还在咀嚼的嘴前面。

珍妮害怕对方以其人之道还治其人之身，没有主动迎上去。

"我不是你。"曹峰赌气一般，然后把用食指和大拇指夹着龙虾在对方面前抖了抖，"吃吧。"

珍妮这才放心张开了嘴巴。随即，双方四目笑意相对。

其实第二次已经可以尝试邀约珍妮回自己家的，但曹峰还是决定从长计议。他心想并不着急。

曹峰怀疑是寂寞太久的缘故——和那个人在一起也寂寞，甚至更寂寞——才会对珍妮念念不忘。但珍妮的一颦一笑确实又常常出现在他睡前的半小时。

寂寞了多久呢？好像也没多久。一个月前他最后一次和燕敏见面——单独见面。曹峰跟燕敏说，不能再继续了，要停下来。

怎么停？停在哪里呢？这都是问题。生活自有它的惯性，贸然刹车，有人会因为惯性而冲出原本生活的半径。简单来说，曹峰说要停，曹峰他想停，曹峰能停，但是对面的燕敏身上还有着巨大的势能，她停不下来。

但还是要停下来的。

另外还有一个问题是曹峰考虑过的,究竟是因为珍妮出现了,他才决定和燕敏"停下来",还是在他和燕敏"停下来"之后,珍妮恰好出现了。这两种情况可能是同一种情况的不同解释。但谁要曹峰解释呢?没有人。既然没有人,那就算了,不用纠结这个问题了。

新人是不是胜旧人不好说,但这个新人比旧人不会让曹峰自责不安却是肯定的。这把年纪,说是一见钟情也太古怪了。

"为什么珍妮老看我?她在发牌的时候、把牌发到我面前的时候,珍妮就会看着我。"曹峰觉得这种事以前也发生过,太久以前了。燕敏,对,燕敏也是这样看着他,看着他打球。区别是,燕敏是远远看着他打球,而珍妮是近在咫尺,看着他,看着他打牌。

曹峰观察过,珍妮给别人发牌时并不看其他人的脸。但很尴尬的是,正因为曹峰会去看珍妮的脸,他们才得以四目相对。因此他们可以说是很默契,至少曹峰是这么认为的。哪怕在曹峰车上,珍妮也表现得像是早就熟悉了这辆车,尤其是副驾驶位。一般女孩子坐上这辆车总是要问一问的,"电动车?好安静。"那时候曹峰微微点头,看对方是否继续追问,曹峰才会对这辆车作更深入的介绍。

珍妮认得这个牌子,所以她不用问。小河也是开这款。小河很爱他的车,每天都会擦洗,经常会去停车场看

第三章 TURN·转牌

它。但最后他把它变卖了，变卖后的钱，现在一部分成为了珍妮的双眼皮、胸部的硅胶以及臀部的脂肪。

36

汽车在地下车库安静地行驶，因为没有发动机，这辆车在油漆地面上的行驶过程如鬼影迷踪，几乎悄无声息。有一只有着黑白相间毛色的小野猫是秀怡苑地下停车场的常客，它还拥有多名同伴，但它是领头人物，了解和熟悉拥堵的地下停车场的地形，对哪一个楼栋附近停放着哪些车辆它都心里有数，并且经常巡逻。

这群小野猫常年在地库里生活，只有它们当晚发现曹峰回来了。

"喵呜。"其中一只猫叫了一声，其他所有猫都开始行注目礼，看着刚刚停驻的车辆"嗖"一声——电动车驻车的声响，然后车门打开，把其中一只胆小的猫吓了一跳。

曹峰先下车，随即珍妮也下车。猫群散去。

"好多只小猫。"珍妮发现了景观一般惊叹。

"哦，小猫。"曹峰心里格棱了一下，一个谐音，他知道自己过于敏感了。他们走上一层台阶后，曹峰转身叹了口气，对珍妮说，"得走楼梯了。"

"咋了？"

"电梯坏了。"

"几楼？"珍妮问。

"六楼。"

"那还好。"珍妮劝慰道。每次走楼梯，都让珍妮想起那段往事。因此这些年珍妮都选有电梯的房子租住。她害怕想起那些事。她也避免想起那些事。

"这小区的电梯常年坏。真不知道是物业问题还是电梯的质量问题。"曹峰抱怨着。

"说到底，基本是物业公司的问题。"珍妮有一句没一句接着话茬说。

"那倒是，电梯也是物业选的。"曹峰说，但不一会儿他又否定了自己的看法，"好像也不一定是物业选的，但如果电梯经常坏，物业可以协调换掉质量不好的电梯，或者将它彻底修好。"

"你说换掉比较好，还是修好比较好？"珍妮问。她想，是换掉比较好，还是修好比较好呢？她当然还拿不定主意。

两个人一前一后走着楼梯，时不时需要踩一踩地板，让楼道里的声控灯给他们照明路程。灯光照耀下，地上的灰尘都能看清。曹峰走在前面，每一次踩踏都会引发灰尘大逃亡。

珍妮觉得他们就像在沙漠里。

曹峰突然回头说:"珍妮,我想要生个孩子。女孩。"

"傻瓜,说这个干嘛?"

珍妮不知道曹峰不想再要一个儿子了,如果那个儿子就是他自己的话。当然,他有一定的把握。

珍妮说,"憋生了吧。"东北口音代表调皮可爱。

"为啥?我想要个女孩。"

"那你会当一个好父亲吗?"珍妮问。

"很难讲。或许做不到。"

"做不到就走好自己的路吧。"珍妮推了一把曹峰,让他好好赶路。

在三层以下,曹峰先是走在前面领路。到了第四层,他一个转身,把珍妮吓了一跳。曹峰故意的,他觉得这样很好玩。而珍妮脸上挂着尴尬的笑,要不是喜欢眼前这个男人,怎么会由他这么乱来。

珍妮从小缺少父爱,这些天她跟曹峰在一起,感觉回到了从没有过的幸福童年。曹峰会从后面抱着她,还会轻轻摇晃她的身体。他们在外滩边上吹了两个多小时江边的风,那风真是轻柔。

直到曹峰提议,"回家吧。"

跟着他回家,好的吧。珍妮内心有点期待,她想象着曹峰家里是怎样的,但想不出来。不会像是王全那边的会所，也不会像是老朱那个别墅？会是都市男孩那种装饰吗？但她也知道曹峰不属于大都市，属于这个小城小镇。

终于到了六楼，比想象中过程短暂一些。声控灯倒是亮了起来，这让他们两个人在门前的地上留下了两个身影。门开了，指纹锁，曹峰轻轻一推，领着珍妮往家里走。

小区老归老，曹峰家刚刚装饰一新的，看上去令人满意。刷上了酱红色油漆的木质玄关上放了一张相片，引起珍妮的注意。她轻轻摘起来凑近看了看，"同学合影为什么放在这么显眼的位置啊？你们可真是铁哥们。你把这个当作你家最重要的东西了吧。"

曹峰脱了鞋子，转身从珍妮手里接过相框，"最重要，不至于。"他一边介绍一边往屋里走。相片上有他的青春，也有他的爱情——过去的爱情。最重要是，相片是她拍的。她要求他把这张相片放在玄关上，这是一个约定。曹峰照做了。不过这一回，他顺手把相片放在了柜子上。

"我先去洗澡。"珍妮说。

"怎么这么着急？"曹峰笑了笑。

珍妮说："我太累了，只想睡觉。"

曹峰笑了笑，很温柔的那种笑容，然后他说："我也只想睡觉。"

珍妮打个哈欠之后，推了一把曹峰。

珍妮的身体很柔软,尤其是这具身体被温热的水冲洗十分钟之后就更显得柔软,柔软到她可以把整个人绕在曹峰身上。她绕了曹峰半小时之后,终于曹峰获得了高潮,也重新获得了自由。

"我给你倒杯水。"珍妮起身,半掀开白色的毛毯,对曹峰说。然后珍妮低头却在床头柜上发现一瓶黑色包装的药,"你吃的这个是什么药?"珍妮问。

"安眠药,朋友送的,效果还不错。我睡不着就吃一粒。管用。"

"能给我吃一粒吗?"

"别吃了,是药三分毒。我不到万不得已也不吃它。"

"真小气啊。"珍妮说,"好东西也不让我吃。"

"算什么好东西啊?只不过是药。你又没需要。"

"你不给我吃,我自己去买。"珍妮打开手机,给这瓶身拍了一张照片。手机上有足够多的软件购买保健品,只需要一张图片。

"嘿,还真不容易买。是少华帮我从海外代购的。嗯,好像是从澳大利亚买回来的。"

"哦,那少华对你真好。"珍妮轻叹了一声,"你去过澳大利亚吗?"她突然又问。

"没去过。陆少华去过,给我们几个带过礼物。"

"那你去过美国吗?"

"也没去过。一直想去的。我觉得美国挺好。"

"美国不是完美的国家。"珍妮说。

"当然,完美的国家是我们中国。"

"不,我师父说,美国不是完美的国家,但是这个地球上最好的国家。"

"你师父放屁。这个地球上最好的国家当然是我们中国。"

"嗯,别激动。我师父是美国人,她爱她的国家,没事,我们爱我们的国家就是了。"

"你师父是美国人?"

"对,教我发牌的师父是个美籍华人,发牌发了很多年,以前在拉斯维加斯发牌。她跟我讲了很多美国人赌博的事情。"

"你师父年纪多大?"

"年纪不小了,七〇年出生的。要不就是七一年。"

"老女人了。"

"别这么说。她出生在美国爱荷华那里。后来就在船上学牌,学发牌。那时候美国人刚刚允许赌博,就是赌博合法化了。爱荷华那条密西西比河上就有很多船,专门接待四面八方来赌博的人。对了,你知道你们经常说的冤家牌,COOLER,这个典故吗?"

"什么?"

"我跟你说,这是有典故的。在密西西比河的赌船上,有一天,来了一个叫作ANDY的人或者其他名字,不重要。总之这是个很著名的牌手去参加了这个局。你玩过牌,你知道,时间久了,这些扑克牌会被所有玩家拼命揉搓,捏在手心里,手是有温度的,牌也就会有温度,尤其是在冬天。扑克是一种换牌的游戏,大家捏着牌,然后再回牌堆。然后,这一次,ANDY拿到了三张牌,突然意识到牌是冷的,跟之前的牌不一样,他很快明白,这些牌是被人换过的。也就是说,这是一个黑牌局。你遇上了一伙准备打劫你的人。你无法赢得这场牌局了。"

"然后呢?"

"然后这就是COOLER的典故啊。冤家牌为什么叫COOLER,是这么来的。"

"原来是这样。"曹峰想。"那珍妮,你是我的COOLER吗?"

"我觉得所有的女人都是你的COOLER。"珍妮捏了一把曹峰的脸,"你说是不是?"

珍妮真会骗人,她不仅帮小河变了性,还更改了他的国籍和职业以及年龄。唯独小河的一些价值观和典故知识,依然从属于他。

曹峰苦笑一声,然后把脑袋摇摇晃晃,以此摆脱珍妮的"虐待",但他并不介意珍妮对他的"欺骗"——如果曹峰意识到也好，意识不到更棒。

话题来到敏感处，曹峰也觉得再往下聊可能对自己不利，于是他不继续这个话题了。

"不过少华对你是真的好。"珍妮拿着那瓶看上去很高端的药物，端详半天，她希望记住这个药瓶的样子。

"好个屁。"曹峰说，"少华从小就针对我。"曹峰感觉跟珍妮已经很熟了，他们经历了坦诚相见的过程，那就没必要在一些无关紧要的事物上有所隐瞒。曹峰想着要吐露心声，又觉得可能时机还不是很成熟。

"我看你们关系不挺好的？"

"你是少华的朋友，我就不跟你多说了。"

"其实也没那么熟，他就是帮我介绍发牌的生意。你们怎么啦？"

"那你们还不熟？"

"真不熟。虽然我感觉他想睡我——或者说，他也想追我。他对我挺殷勤，这倒是真的。"

"每次都这样。"曹峰不知为何情绪有点变化，"每次都这样。"

"什么叫每次都这样？"

这时候曹峰已经无法拒绝珍妮的问题了，因为接下去在他要讲的事情上他会有点得意，"读书的时候，有个陆少华喜欢的女生，也喜欢我。然后……"

珍妮想了想,她对这个"也"字保留看法。

"少华这个人呢,很骄傲的,所以发生这样的事情他就会对我使坏。那时候我们一起打篮球,他就一直不传球给我。他个子高,是中锋啊,我是前锋,他不传球给我,我就得不了分。那时候真的难受。"

"那你们不是拿到冠军了吗?"

"后来,后来事情解决了嘛。后来他就没那么针对我了。"

"怎么解决的?"

曹峰不敢说下去了。他翻身起床,走到柜子前去拿那张相片。

"不是给我看过了吗?还要拿过来干啥。"

"是我自己想再欣赏一下。"

曹峰本就是多情的人,多情且深情其实并不矛盾。他喜欢他的同学们,也喜欢很多女人。他对每一个女人,他的女人,都抱以最大的诚意交往,只是无法把自己全部托付,包括燕敏。有时候他会刻意保持对异性的距离,实在没办法时也会说清楚。

"珍妮,我可能不是一个适合结婚的人。"

"我知道,不然你也不会到现在都没有结婚。"发牌发得太多了,珍妮对每一个人都会有自己的用户画像,精准读人。

"不，我结过两次婚。但很快都离掉了。"

"哦？这么有故事？"

显然，曹峰并不想讲故事，他后悔自己犯了交浅言深的毛病。尽管，"交浅"两个字对他们现在的关系来说已经过于轻浮。他侧过身，打开了收音机，这是他多年来陪伴入眠时从来没有改变过的习惯。

"准备睡了？两次婚姻故事不准备跟我讲讲吗？"珍妮见曹峰没回答她的问题，也很久没说话，就问了一句，以确定之后她是不是也要做入睡前的准备。

"嗯。下次说行吗？真的，下次说。"曹峰轻声答。

"那你把收音机的声音开轻一点。"珍妮提醒，而心里她想着，这个男人啊，莫不是年纪有点大了，这么点体力劳动就让他困乏。

坚持把手机里的收音机软件打开着，这是曹峰睡觉前的习惯。如果曹峰一个人睡，他就不需要把声音开轻一点，这就是烦人的地方——跟另一个人睡觉烦人的地方。他自己只要不觉得吵，那声音就是合适的。收音机是曹峰手机里的一个老软件，自从下载后曹峰一直没有删除它，并且对它产生了强烈的依赖。软件固定播放的内容是中国历史，曹峰对中国历史谈不上感兴趣，恰恰是因为不那么感兴趣，才是最合适的。

凌晨时分，曹峰应该已经睡着了，但珍妮还没有。尽管曹峰把声音开轻了，但对珍妮来说依然过于重，产生干扰。但珍妮决定不作第二次提醒和建议，她尽量保持睡姿的固定，但依然没有很快入眠。人还是会认床的。她小幅度转动着脑袋，睡眠灯还亮着，使得她能环顾曹峰家四周。

她决定跟曹峰开个玩笑，拿走家里最贵重的一样东西。或许曹峰会发现的，但那又有什么要紧。

珍妮想看看几点了，就拿起手机，手机上有一条未读信息。

是陆少华的微信：在家？

珍妮回复了三个字：不在家。

两周以后，珍妮是在手机上看到了海涛因为参赌被刑拘的新闻，这对脱口秀圈来说是个爆炸性新闻，还被海涛公司的竞争对手买上了热搜，珍妮想不看到都不行。

她的心情说起来也有一点复杂，虽然这是她的行动得到了收获，是她希望看到的结果，但她突然又对自己的计划产生了一些怀疑。海涛是坏人吗？他就是喜欢打牌，喜欢在打牌时跟朋友们说说笑话，喜欢和朋友们玩一个所谓在他们眼里看起来是"智力游戏"的纸牌项目。

从珍妮的角度看，海涛确实是一个有趣、大方的人——不是消费有多大方，而是你跟他说任何话，他都不会因为你说错了什么甚至不会因为你做错了什么而情绪上产生巨大变化。也许可以说，海涛是个情绪管理很不错的人，这样说来，海涛的确适合德州扑克这个游戏。

或许没遇上珍妮的话，珍妮没有写信去举报这种赌局的话，海涛还可以和他的朋友们玩这个纸牌游戏好多年。

反过来呢？一个喜欢赌博的人，对，打牌就是赌博，只要筹码结算就是现金的话——那么这个人被绳之以法，也是活该。

人不应该成为一个赌鬼，成为一个酒鬼，不应该烂醉，不应该成为一个糟糕的人，不应该欺负家里人。像他爸爸那样。珍妮的逻辑结构并不顺畅，佀好歹完成了。

海涛不会成为那样的人，珍妮也知道。不重要了，他赌博了。珍妮就是要砸掉自己的饭碗也要把赌博的人曝光，让他们收手。

谁让他这么不幸喜欢上打牌呢？

珍妮在发牌桌上还听过一个段子，忘了是谁说的，说詹姆斯·卡麦隆拍《泰坦尼克号》其实是想拍一部禁赌片。

"在撞上冰山那个晚上，杰克的命运早就已经被铆定了。詹姆斯·卡麦隆禁赌的伏笔深沉，远在杰克没有上船时就笃定了——船票就是杰克在上船前和别人打牌赢来的。"

前后报应，毫厘不爽。你赌博赢来的一切，终究也会失去。

如果你不做坏事，坏事就不会找到你头上来。珍妮知道，珍妮相信，珍妮确定。

第四章

RIVER · 河牌

37

每个人都会喜欢上一些东西。其中一部分人也会因此而变得不幸,比如海涛。

珍妮也有她的不幸,因为她轻信了人,那个她本以为是拥有演讲天赋、具备做生意天赋的老乡,阿珍把所有积蓄都放进去了——一个密室逃生的小店,却没有逃过早夭厄运,才开张三个月,就必须关门。

还有一大堆钱要支付,但老乡已经不见踪影。所有债主包括工人、供应商和设计师都只能找到阿珍,找阿珍要钱。阿珍哪里有钱?她想到了一个不是办法的办法,从支付宝和微信的借贷系统凑到了十几万,又用信用卡套现十几万,把那些债主对付过去。

后来小河数落阿珍,"盲目,胆儿大,是个人才。"

此后,阿珍彻底尝到了贫穷的滋味。拆东墙补西墙,房租都要靠朋友接济。

不过好在就是这个时候,她遇见了小河。小河在阿珍的朋友圈点了个赞、留了个言,他们就相约喝了一场酒。就在小河家里。

她是真的喜欢小河,喜欢他低着脑袋的样子,喜欢他抬头看着天空的样子,喜欢他盘腿坐在沙发上的样子,简直什么样子都喜欢。

和小河在一起的日子很让阿珍觉得满足。唯一的担心,阿珍怕自己欠了一屁股债的事被小河知道。她不会主动去说,太丢人了;她也怕小河生气,怕小河对自己失望,怕小河离她而去。

爱人离自己而去,那是最让人心痛的,但阿珍依然结结实实体验了这种心痛。

小河被警车带走时珍妮就在斜对面的酒店。她听到了警车呼啸声就知道这是一段故事的结局。

小河要为阿珍这样做，他爱阿珍，但这只是一方面，是小河讲给阿珍听的，也是阿珍信以为真的。事实上，小河只是想救赎自己。他内心的苦楚一直折磨着他，他无法继续写作，始终囿于多年前的往事，因为他知道他再写，就必须写那件事了。他的姊姊，他曾经的爱人以及他无法忘记的对自己的仇恨。

这段故事的结局让阿珍彻底改变了，变成了这样的人：冷漠，表面上率性而活，内地里摆烂人生。

那这段故事的开头呢？

开头是阿珍跟着小河学牌，学德州扑克的规则，学发牌。

那时候小河没事就会在手机上打德州扑克，阿珍常常就在边上看。小河赢了就会兴高采烈，阿珍看着高兴；小河输了就会愁眉苦脸甚至骂骂咧咧，阿珍看着心疼，但一会儿就好了，只要等小河赢了就好了。

一次，俩人饭后慵懒无聊之际，阿珍提议："不如我们也玩牌吧。"

小河有点看不上阿珍的牌技，但是那会儿没有其他人陪他玩。"两个人打德州，你知道怎么说吗？"

"hu。"深爱小河的阿珍已经做过一些功课了，"全称是'hands up'，对吗？"

"不是'hands up'，是'heads up'。heads，h, e, a,

d, s。"

"哦，是这样啊，我还以为是两个人握手，所以是'hands up'。"看起来阿珍的功课没有得到满分。

但小河已经接受了阿珍的提议，不知从哪里变戏法一样，拿出了一副崭新的扑克牌。"你知道吗？人生没有意义的。"小河一边拆开那副新牌，一边嘟囔着什么。

"这样啊。"

"有意思就行。"小河延续着自己的丧文化。

"那怎么叫有意思呢？"

"打牌就挺有意思的啊。"小河已经很麻利地拆开了一副新牌的封面。

"小河，你说到底是什么样的人会喜欢打牌？"

"唔……数学好的人吧，还有玩心大的人。以及……"后面小河的内心说给自己听，"以及想逃避生活的人。"

两个人坐在桌子前开始了 heads up，小河更多地关注着手里的牌，而阿珍常常看着的是小河的脸。

没多久，阿珍对牌局的不专注让小河失去了对弈的乐趣。"不玩了不玩了，今晚我们吃什么？"小河问。

阿珍从跟小河住在一起没多久，就开始研究菜谱。现在好方便啊，她在心里感叹，只要下载一个 APP 就能学到那么多菜，还可以做给小河吃。看着小河吃自己做的菜，那种感觉让阿珍很受用。小河每次都能吃两碗米饭，夸阿珍有厨艺天赋。小河也明白，夸一夸，阿珍就会更积极主动地做饭做菜。

自己伴侣做饭做菜总是要激励的，谁不想每天定时定点吃点好的呢？

这一天，阿珍已经做了一桌子的菜，但是小河没有在饭点回家。于是她在窗口张望，盼着牛郎回家。对面的霓虹灯闪烁着，"梦辉"，一家高级商务会所，酒吧，KTV，妈咪，小姐，啤酒，洋酒，骰子，应有尽有。

阿珍看到一个很像小河的身影从梦辉出来时，瞪大了眼睛，不太敢相信。小河怎么会从那里出来？

从那以后，阿珍知道，小河经常会去梦辉的。有时候是黄昏，有时候是凌晨。但小河并没有跟阿珍说为什么去。小河哪里有钱去光顾和消费这样的场所呢？但是阿珍没问，小河也确实不说。

差不多一周后，小河神秘兮兮裹着一个很大的肚子回家。阿珍忙问："怎么了？"

"想知道我肚子里装着什么吗？"看着小河一脸得意，阿珍也放下心来，肯定不是什么坏东西了。不是方的，也不是圆的，被一件T恤裹着，阿珍当然猜不出是什么。

"噔噔蹬蹬"，小河从里面掏出两个罐子，还给这个动作配音。不大不小，一只手拿一罐，刚好。

"啥呀？"

"鸡汤。"这是小河准备用来发财致富的。小河的朋友新晋研制出这种自加热鸡汤。所谓自加热,其实就是罐头里有一包石灰。小河拆开罐头,取出了石灰包放在罐头底下,把一袋子水也撕开,浇在上面。然后再把罐头里的一小罐鸡汤放在上面。石灰遇上水,沸腾了,鸡汤就热了。这就是所谓的自加热。"神奇不神奇?"小河看着冒着气泡的自加热鸡汤,发出了天问。

阿珍心想,是小河没学过中学物理呢,还是自己该装作没学过中学物理呢?好难。聪慧的阿珍选择鼓掌,"哇哦。"阿珍还像模像样尖叫了一声,演出如此到位。

"你看这东西会不会形成一股潮流?以后大家都这么喝鸡汤?"

"会。"阿珍说。阿珍总是选择小河希望得到的答案。

"你说到时候会不会这些高楼大厦里的白领都会人手一罐这样的自加热鸡汤,放在茶水间冰箱里,取代了咖啡和茶?毕竟,鸡汤比咖啡和茶有营养多了,对不对?"小河手指着对面的"梦辉"。梦辉不是写字楼,但一样有上班族的。

"对。"阿珍也看着梦辉,这次没有那么肯定,她稍稍有一些犹豫。

38

小河天真，他自从看到了朋友生产的这玩意儿，就像找到了宇宙奥秘、人生真谛一般兴奋以及自信。他开始联络朋友，要帮忙分销这款充满了科技感和未来感的产品。在几乎所有朋友都没有像他一样看好这款产品的销路时，他想到了他的婶婶。

小河的婶婶只比小河大三岁，而且腿很长，人很漂亮。她能做上梦辉的头号妈咪，不光靠长相和身材，也靠她灵活变通，靠得是她知山知水。小河认为他的生意要的也是这些。婶婶作为梦辉的妈咪，客人之多、之富贵，不在话下。那这些客人如果在房间，酒喝多了，歌唱累了，是不是在那一刻，有一罐热气腾腾的自加热鸡汤喝着，妙不妙？小河越想越兴奋，于是就跑到梦辉去找他的婶婶。他的提议也很直截了当。

"婶婶，你那么多包间，那么多客人，那些客人喝酒到半夜，可能会饿的，这时候来一款自加热鸡汤，岂不是——很妙？对，就是很妙嘛。一个房间十来个人，就是十来罐自加热鸡汤。一罐鸡汤成本十块钱，超市卖三十块，到你那里，一罐卖个五十没啥问题吧？那些客人那么肥头大耳，有钱，又喝成那样，做东的老板花个五百请朋友和小姐姐们每人一罐鸡汤，岂不是大方又体面，健康又安全？"

小河跟她婶婶这么说的时候真的是很抱希望的。他希望他的婶婶每天帮他卖一百罐鸡汤，他呢，则从朋友那边进货，进货只要十五块，一罐他就挣三十五，一百罐鸡汤他就能挣三千五。小河想好了，他准备跟婶婶对半分，一人一千七。就算要打点一下KTV或者说酒吧的经理，管事的，至少一人也有一千能挣。这样，一个月就是三万。

小河真的都想好了，这样的收入他能满足。

小河的婶婶见了不少市面，更懂得人情，也了解小河。她说："好的，宝贝，咱们试试。"

"试试"已经让小河很期待了。于是他不是每天——至少是隔三岔五——都要去梦辉打探商情。

一周之后，"试试"之后，小河的想象并没有成真。只能继续"试试"。一个月之后，小河又找到他婶婶，他要盘点生意了。可是婶婶的盘点报告是这样的：所有的，总共的，只卖出了十罐鸡汤。其中五罐是她渴了饿了自己喝的，还有三罐是她的小姐妹们当成了减肥又美容的夜宵，另外两罐是一个很给面子的老客户，他看了看鸡汤，说："好，我试试。"

小河认为自己的商业抱负再次被社会辜负，非常失望。阿珍看在眼里，但是没说什么，她认为小河他也是不屈不挠在与命运作抗争。为了生活,"有挫折是常态,一帆风顺才是要烧高香。"阿珍对着整天打牌的小河安慰道,"可是,你怎么不继续写作呢?"

是的,小河之前是个小有名气的作家,写作给他带来了人生最初的荣誉和金钱。但突然,小河就不再写作了。没人知道这当中发生了什么,阿珍当然也不了解。

小河不响。不声不响,不解释。他继续打牌,时不时拍拍大腿,时不时还骂几句脏话,或者感叹一句,"哦耶。"那时候是小河赢了。

可是这两个没有工作的年轻人总是要面对真实生活。逃避有用,但迟早有一天逃无可逃。阿珍也想帮助小河,也是帮助自己,或者说帮助他们俩。可是这世道,工作这么难找。应届大学生还容易一些,很多企业对他们有格外的优惠与宽容。过了三十岁,且之前的职业履历没有特别出彩的地方,如何说服HR给自己一个好岗位、一个合适的价位,太难了。

但是JAJA为什么可以过得这么舒服,这么恣意呢?

"我们说好不提JAJA的。"小河严肃地说。他不想让两个人之间的关系因为JAJA这个前女友而产生任何不必要的嫌隙。不提是最明智的。

"可是听说她卖酒能挣不少钱。"

小河又是不响,他当然知道JAJA的兼职"能挣不少钱"。在梦辉，任何一个妹子都"能挣不少钱"，探囊取物——小河想到了这个词，那种职业挣钱，就像这个成语。可是他却很艰难，连同阿珍，大家的生活都很艰难。只是，阿珍萌生了想要"探囊取物"的想法。

"你可别堕落。"小河说，"一堕落就回不来了。就毁了。"

"你婶婶这样，算堕落吗？"阿珍问，"你婶婶就在梦辉上班啊。"

小河没法回答这个问题。他们面对一张桌子，桌子上只有两副碗筷，两副碗筷中间只有两个菜，快被吃光了。此情此景令人有些悲伤。如果有什么乐器合适，那一定是二胡。阿珍想了想，说："小河，我没跟你说过我爸的故事吧？"

小河抬头看了看阿珍，说："你想说的话，我就听。"

那一年，阿珍的父亲换了岗位去跑外勤，理论上挣钱会变多，但阿珍和她母亲没有感受到家里的生活质量得到了多少提升。阿珍和她母亲也没有更多新衣服穿，家具家电也不见换新。那冰箱他们用了十年了，亏得是制冷效果还行，噪音已经很大。

阿珍爸爸的钱去哪儿了呢？去了镇上的KTV。

阿珍妈妈其实知道得比阿珍早多了，那就是阿珍有了一个新"阿姨"，就在镇上的"小城之光"KTV上班，是个外地来的姑娘，年轻，胆儿大，能喝酒。阿珍是在放学回家路上看见爸爸和那个姑娘在一起走路，爸爸的手勾搭在姑娘的肩膀上，她才知道爸爸的生活是这么丰富。是叫姐姐呢，还是叫阿姨？按年龄可能叫姐姐更合适一点，阿珍想。

后来，阿珍的爸爸非但不给家里钱，酒也越喝越多。直到有一天，爸爸的工作出现了危机，姑娘也离爸爸而去。那时候阿珍爸爸开始每天回家了，但是回家后的爸爸心情总是不见得好，常常一喝酒就往多里喝，每次还能如愿。喝多了之后，爸爸就开始骂骂咧咧，砸家具、砸锅碗、扔飞镖——就是把筷子往窗口扔。有时候阿珍爸爸还能把一根筷子插在门板上，这就是阿珍理解的"扔飞镖"。

再后来，爸爸就开始推搡妈妈，甚至也推搡女儿阿珍。他的臂弯不再是娘俩的港湾，以前也不完全是，但至少不会用来对付家里人。

最严重那一次，爸爸拿着刀在门外砍，娘俩躲在屋里。"不能开门，"妈妈警告阿珍，"他已经疯了。"

那个酒醉的爸爸在门外一刀一刀砍着木门，门感觉就要被劈开了。那一刀刀的声响，阿珍记得分明，至今还天天在她脑袋里回响。

"就像子弹打在身上。"阿珍说。

小河乐了，刀砍木门，怎么会像是子弹打在身上呢？

这哪来的比喻，完全不能比喻成功。小河听完阿珍的故事，或者说是阿珍爸爸的故事，总结就一句话，"你爸爸真像是魔鬼。"

"是魔鬼，不是像魔鬼。"阿珍说。

后来，阿珍上了高中，寄宿在学校，算是暂时离开了魔鬼。

"我们怎么说起这些？干嘛说起这些？"小河说，他抱了抱阿珍。阿珍之前那稍稍颤抖的身体有了小河的温暖，好些了。

"我想想啊。"阿珍说，并且是真的在想，"我想起来了，是因为我问你一个问题，你不回答我。"

"什么问题？"

"你婶婶这样，算堕落吗？"

小河叹了口气，他是真的很难回答这个问题。

"要不，我跟你讲一讲我婶婶的事吧。"说完，小河好像又有一些犹豫，他知道这些往事、故事、事故在自己心里的分量。但如果阿珍都已经说了她那个魔鬼爸爸的事，小河想：要不，我也说说我那个婶婶的事。

不过，小河的婶婶不是魔鬼。魔鬼称不上，是天使与魔鬼的合成体，在小河心里。小河以为自己和婶婶的故事要比阿珍和她父亲的故事更久远，但实际并不是的，他们当时都是十三四岁的样子。

小河对阿珍坦白，他侧了侧自己的脑袋，好像讲了一件让他挺委屈的事，"其实，我和我婶婶谈过恋爱。"

阿珍听到这句话，心情有点复杂。她现在要搞清楚的是，"谈过恋爱"，这个"过"字。哪怕之后小河讲了很多当年的事，阿珍也仿佛是在听别人的故事——确实是别人的故事，只不过是爱人的故事。

她后来决定为眼前的爱人去杀人，也是受了这个故事深深的影响。

39

刘涛从谈震处拿到了监控录像，确定珍妮是最后一个离开陆少华家的人。刘涛看了好几遍视频，但其实看第一遍时他就已经确定，后面几遍他在找视频里其他有可能帮助他破案的线索。这个珍妮佝偻着自己的身体，但高清监控镜头依然显示她是个年轻的女人。

这次，没人帮助珍妮去抹掉监控里的影像了，因为帮助她擦掉离开曹峰家的视频的那个人——陆少华已经死了。

这或许不能完全证明陆少华死于她的手，但结合法医给出的死亡时间鉴定，加上珍妮出现的时间，问讯是跑不了的。

刘涛决定去珍妮老家,他要把珍妮亲自"请"回来。

珍妮老家在浙江嘉兴,领导问刘涛是否要多配几个同事?刘涛婉拒了领导好意。"放心吧,不至于。有她就行了。"刘涛指了指顾湘。

顾湘瞪着一双大眼睛连连点头。

开车到嘉兴,其实只要一个半小时车程,但刘涛开了足足两个半小时。

刘涛心里盘算着,准备怎么提问珍妮,第一句怎么问?虽是"故人",但珍妮早就不是几年前阿珍那邻家姑娘的模样。

根据同事提供的珍妮的地址,刘涛敲了敲门,这次没跑空,是珍妮开的门。

"你好,是程明珍,对吧?"

"是。"珍妮的脸上竟是含着笑意,也许是基于礼貌的笑容。她有些许惊讶。

刘涛皱眉,觉得这笑古怪,"我们有两个案子需要你配合调查。请跟我们走一趟。"

"刘警官,是吧?"

刘涛终于和阿珍相认了。

"是,现在我们需要你回去配合调查。"刘涛来不及和珍妮叙旧,这不是好地方、好时机。

"好。"珍妮回答,"刘警官,我可以准备一些随身物品吗?"

刘涛看了看顾湘,顾湘说:"可以,请尽快。"

他们在门外等了大约五分钟,相信阿珍不会逃跑。刘涛是看过地形的,除非阿珍这个时候跳楼。

"她见了我们,为什么看上去一点都不紧张?"刘涛问顾湘。

"师父,会不会,我们抓错了人?"

"怎么可能!"刘涛皱眉,但不认可顾湘的质疑。

"也对,要是抓错人,对方才不会这么平静。"顾湘说,"但她丝毫不紧张,确实也很奇怪。"

在两位警官到来之前,珍妮已经好好观察了这间房子,跟她想象中的不太一样,她以为房间四壁应该是白色的,没想到竟然是绿色的。

果真是很久没回来了。

她走到母亲房间,跟她妈妈打了个招呼。

"谁呀?"

"是我两个同学,不知道怎么消息这么灵通,我这才回来一天,他们就找上门来了。"

"怎么,要出去?"幸亏母亲没看到门外的警服。

"嗯,出去玩几天。"

"才回来就要走啊?"

"没事，妈，我让张阿姨晚上早点来给你做饭。我走了。"

阿珍母亲躺在床上，眼睛看着绿色的天花板，叹了一口气。那件事之后，阿珍母亲把家里墙壁都漆成了绿色，也不知道是什么原因。

五分钟后，三个人一起出门。珍妮坐上了警车，是后排。

回到上海，阿珍所在的问讯室墙壁上涂的也是绿色墙面漆，不知道这么设计是不是有什么心理学上的依据？阿珍看着墙壁，她甚至有点好奇。

"程明珍，对吧？咱们挺熟悉了，现在掌握的证据也很充分了，大家都别浪费精力，开诚布公，互相节约一点时间，怎么样？"刘涛开始了惯常审问嫌疑人的攻势，只不过面对这位程明珍，阿珍，珍妮，他想了半天要怎么开头，结果第一句话是这个。

珍妮点头。对她来说，今天是迟早会来的，这就是为什么她不慌不忙的原因。在她杀死自己的父亲之后，一定会有今天。在帮她的爱人杀死另一个人之后，更明白迟早会有今天。虽说这两件事分别被自己的母亲和一个富有想象力又心事重重的男朋友带过去了。

有那么一句话，珍妮是看过之后没忘记的，"生活哪有那么多岁月静好，不过是有人在替你负重前行。"

有两个爱护她的人帮她两次涉险过关，第三次，无论如何都得自己面对了——假如曹峰没死，或许还有别的可能。可是曹峰，你为什么要死呢？你答应的事、你承诺的事，因为你死了，就再也不能做到了。

"开始吧，问吧。"珍妮抿嘴，轻轻缓缓地眨了一下她的眼睛，双眼皮是开过刀的，一眨眼，一条线就像沟壑一样清晰可见。

"咱们先说哪个？"刘涛问。

珍妮不知道先说哪个，先说父亲吗？太遥远了。虽然这是一切的发端。她憎恨父亲，才会憎恨"妈咪"这个职业，才会憎恨赌徒这种人。但是真的太遥远了，珍妮沉默了，她暂时无法作出选择。

"那就先说陆少华吧。他给你介绍发牌的生意，应该说他是你朋友，你为什么要杀死他？"顾湘建议道。这确实是刘涛和顾湘还没有拿捏准的动机，珍妮作案的动机。除了动机之外，其他的，刘涛比较有把握，虽然珍妮做了一番"善后"，但事实上珍妮做到一半就有点放弃了。她知道现在的天网一定能查到她，查到她来过这里。怎么说呢，还是有一点侥幸，或者说尽力而为的意思。珍妮叹了一口气，仿佛这一切让她很无奈。

苍蝇。没有头的苍蝇。珍妮看过一个视频，标题是"为什么苍蝇能把自己的头拧下来玩？"，苍蝇清理身体的方式都是由自己细长的腿来完成，来回按摩，擦拭自己的身体，当然也包括头部，那巨大的脑袋，前腿清理头部，后腿清理身子。在清理的过程中，它有时候会用力过度就把脑袋给搓了下来。当时珍妮看到这个视频就笑了，苦笑。她觉得她自己就像那只由于用力过度把自己脑袋清理掉了的苍蝇，在苍蝇脑袋离开身体的短暂时间内，苍蝇还不会死去，它还能继续揉搓已经掉在地上的它的脑袋。珍妮继续笑了，她看了这个视频好久好久，是什么能让一只无头苍蝇继续清理自己的脑袋呢？

或许就是潜意识。

"直到苍蝇体内所有的食物，或者说能量消耗完了，苍蝇就死了。"视频最后是这样一段旁白，很荒诞，还很悲凉。

"我也不知道，杀了就是杀了。也许再来一次，我就不杀了。也许。"珍妮回到了那个看无头苍蝇视频的笑容。

"这么说，意思是你杀他不是有预谋的？"

"没有预谋，但好像也有预谋。"珍妮说了实话。她真正有预谋要杀的人曾经是曹峰，但本来就不够坚定，纯粹是一种幻想，而且很快她就放弃了这个计划。她下不了手了，在和曹峰吃了一顿小龙虾之后，就下不了手了。但这似乎没有必要告诉坐在她对面的刘警官。

"那你杀曹峰总是有预谋的吧？"

珍妮抬头，她双眼直视了刘涛一眼，但马上被刘涛威严的眼神吓退，"我没有杀他，为什么你们都觉得我要杀曹峰？"

听珍妮说完，刘涛心中一惊。他看了一眼身边的顾湘，顾湘正飞快记录着珍妮的口供。

"你没有杀曹峰？"刘涛问道，"还有，'你们'是谁？"

"没有，我没有杀他。怎么会呢？不过陆少华也认为是我杀了曹峰，而我认为是他杀了曹峰。他一直试探我，甚至威胁我。但我没有杀曹峰，怎么会呢？真的，我没有杀曹峰。我是杀了人，我只是，不太情愿地杀掉了陆少华而已。我讨厌赌博的男人，讨厌花心的男人，仅此而已。警官，杀陆少华，我认罪。"珍妮镇定而严肃，但她依然没有告诉警官们她杀死陆少华真正的动机。

那曹峰是谁杀的？难道真的是陆少华吗？刘涛心中出现了反复。

"你是说，陆少华杀了曹峰？"

"据我所知，也不是陆少华。"

"你不是怀疑他杀了曹峰吗？"

"是，我怀疑过。但他临死时我问了他，他跟我说不是他，我相信了。我相信人死之前不会说谎。但我还是杀了陆少华。"

"为什么？"

"我说过了,我讨厌赌博的男人,整天就打牌,也不照顾妻子和孩子,甚至还对我动手动脚,这样的男人他活着也没意义了。"

边上的顾湘接了一句,"为民除害?"

珍妮苦笑,但只笑了半边的脸,"算是吧。"但她马上又否定了自己,"也不是,当时我可能觉得是他杀了曹峰。我,我想为曹峰报仇。"

顾湘哼的一声也笑了,属于一半嘲讽一半无奈的冷笑。但刘涛笑不出来,连冷笑都不行。那都是他的同窗好友,一个活泼开朗的俊小伙,一个对宇宙边界有自己见解的聪明绝顶的男人。两个都不是民之害,也并非谁是谁的仇人。

"我是问你,你为什么认定陆少华没有杀曹峰?你跟曹峰是什么关系?"

跟曹峰的关系珍妮也说不清楚。以前的说法,情人;现在的说法,炮友,但并不纯粹,也许有情分在。何况他们之间已经有了承诺,至少珍妮是放了不少感情和希望在曹峰那里。她甚至做好了准备,为了曹峰,把心里的小河那道门关起来。可是,短命的曹峰没能让珍妮有机会作出这个艰难的决定。

"朋友。"珍妮回答。

"就朋友那么简单?"刘涛自然不相信。曹峰和珍妮,微信对话框那最后的截屏会出现在"朋友"之间？

"能睡觉的朋友。"珍妮说出了自己认为和曹峰之间最客观的关系。

"唉，有些人是注定要死在女人手里的。"顾湘说。但是刘涛怒目而视，顾湘知道自己说错话了。

"对了，我还有一个问题，你为什么每次都要写举报信，举报你发牌的牌局？"刘涛继续问。

"哦，"珍妮苦笑，"我本来就不打算就这样一直发牌发下去。总不能就这样一直下去的，我想。既然我在那里，能做点善事就顺手做点善事吧。顺便，刘警官，你帮我把小河放出来吧。是我杀的芳姐，小河是要帮我，他帮我顶罪。我不知道他为什么坚持要这么做，也许是爱我，但这不能完完全全地帮我，帮我走出来。我都不想帮自己了。帮不了了。小河，他是个傻子。"

40

自从看到小河去梦辉那一次，阿珍就觉得生活好像正在跟她开玩笑。"梦辉"对她来说，就像小时候镇上那个"小城之光"KTV，那些无根无基漂流着的女孩们在里面，吸引着那些有家有室的男人们进去。"小城之光"吸引了她的爸爸,"梦辉"吸引了她的爱人,小河。

但小河跟她爸爸是多么不同的男人,阿珍无法相信小河也会去光顾"梦辉"这样的地方。

小河是去找他婶婶的。他们在一起会是什么样呢?阿珍决定去看一个究竟。

可梦辉安保措施还是森严的,这跟小城之光那种小镇KTV差别很大。阿珍意识到自己以一个女孩身份走进梦辉一定会被保安注意到,并且很快被请走。要是万一被人误会成为那种人、被搭讪,似乎也是令人烦恼的事,会带来不小麻烦。

梦辉大厦这幢巨大建筑像是怪物,被各种动植物包围着,有石狮子,也有椰子树,但阿珍似乎是决意要找到梦辉的突破口。秋天有落叶铺满北京路,阿珍踩着落叶思考着,烦扰着,也犹豫着。

一个匆忙赶路的年轻人大声打着电话,经过阿珍。真讨厌,为什么要在路边这么大声打电话?

哦,不讨厌。不讨厌。

年轻人叫小刘,很凑巧,他就在梦辉上班。他在电话里提到了"梦辉"这两个字,这才让阿珍有了豁然开朗的感悟。"你好,你知道梦辉在哪吗?"阿珍站到了小刘身前。

小刘不知道兴高采烈地聊着什么,突然被眼前的姑娘迷住了，他甚至有点不知所措。

"你好，你知道梦辉在哪吗？"阿珍重复着自己的问题。

小刘呆了一会儿，把电话停下来，问道："你是要去梦辉KTV吗？"

阿珍点头。

"啊，我就在里面上班。你也是去梦辉上班吗？"小刘突然又意识到什么，仿佛这个问题是个非常得罪人的问题，但他已经无法收回了，只能咬着下嘴唇停留在尴尬的表情。

"不是的，我找人。"

"你找什么人？我大概可以帮你。"

"你在梦辉做什么？"

"你跟我来。你跟我来就知道我在梦辉做什么的了。喂喂喂，没事我先挂了啊。"

原来梦辉有这样一个后门，阿珍跟着小刘来到梦辉监控室。走上楼梯，拐进二楼半，梦辉的四十多个摄像头所捕捉到的实时影像全都印在墙上，"我就是干这个的。"小刘自豪地介绍自己的工作，他这种自豪，像在向朋友们介绍自己的菜园。

"哇哦，我第一次看到这么多屏幕。"阿珍展现出一个少女见到梦想中世界的样子。

"你看，这是我们刚才站的地方。"小刘指向最近的屏幕。

阿珍点头，是的，就是这里。

"这是梦辉的大门口。"

阿珍继续点头，往小刘指的方向一一看去。梦辉的大门，像是国家行政机关一般庄严，但更华丽，充斥着水晶、鲜花、霓虹灯。原来这就是男人们爱来的地方，阿珍感慨。在她来之前，已经做过一些功课，在网上查阅什么是KTV，什么是商务场所，什么是高档商务KTV。不过百闻不如一见，尽管隔着屏幕，这些场景对阿珍来说，还是充满了意外。认识这个小刘，对阿珍当然也是意外之喜。起初她只是想看看能不能找到小河，小河在梦辉干吗呢？现在，她拥有了几十双眼睛，她一定能看到小河在梦辉干吗。

当然在这之前，她需要让面前这个小哥对自己产生好感。"你多大了？"阿珍问道。

"二十一岁了。"小刘自豪地报出年龄，"白羊座。"他接着报出了自己的星座。

"白羊座呀，热情的星座。"

"是的，我们这个星座的人都是热情开朗的人。"

"乐于助人的人。"

小刘笑了，表示阿珍说得对，但他又不太好意思这么夸自己,"姐姐,你不是说要到梦辉找人吗?你就在这里找,方便多了。如果你进去找,要被各种大哥带走的。那里面可不是能随便找人的地方,尤其是你们女孩子。"

"嗯,谢谢你啊,你真好。你叫什么名字?"

"刘凯心。凯旋的凯,开心的心,刘凯心。你呢?"

"叫我阿珍就好了。"

"阿珍姐,那你叫我小刘吧。"

阿珍姐在小刘指挥下逛着小刘的"菜地"。小刘也是一个不错的向导,跟阿珍讲解这每一个跳动的图像以及图像里的内容。有时候小刘会不好意思讲解,不过阿珍也是个聪明的学生,在尴尬时刻她也不会主动提问。

"女孩们都打扮得很好看。"

"嗯,这里的女孩子都很漂亮。"小刘看了看阿珍,"但是……"

阿珍好像明白小刘要说什么,主动打断了他,"别但是了,就是好看的。"

"阿珍姐,你是要找自己的姐妹吗?为什么不给她打电话?"

"嗯,是呀,怎么说呢,"阿珍顺利找到了台阶,一个方便的台阶,不过她还需要一个理由,"昨天打了,她没接我电话。"

单纯的小刘没有追问,只是感叹:"唉,女孩子到这里上班，赚是赚得多，但也很辛苦，要喝很多酒。"

"没事，她能喝。"阿珍知道现在她要假装找谁。她忽然想起一个人，对，她要找JAJA。"这里的姑娘挣钱多吗？"阿珍顺便也问了一个自己颇为关心的问题，说不上是最关心的，但如果知道这样一个具体数字，无论如何也能让她有一些期待中的羡慕。

"哦，挺多的。"小刘不知道该说数字，还是说一个形容词。

"大概有多少？每个月？"

"几万块总有的吧。"小刘认真地回答，"我哥告诉我，陪一个客人喝酒，两个小时，也许多一点就有两千块。一天运气好，可以陪两波客人。喝酒、划拳、唱歌、做游戏，就那点事了。如果晚上跟客人走，好像能拿很多很多，但这个是自愿的。"小刘说这些话时作了很多停顿，他停顿时观察着阿珍的反应，生怕说错什么会让阿珍反感的内容。毕竟是第一次见面，小刘希望维持一些称得上是社交礼仪的东西，尽管他未必懂这四个字的具体含义。

"这是卖淫。"阿珍冷冷地说。

"也不是……也不是……不能这么说……"小刘试图解释。

"不是什么？这就是卖淫。"

看到阿珍如此坚定的判决声，小刘好像只能同意。

"阿珍姐,你不是来找你的姐妹吗?"

"啊,是啊。我要找的那个姐妹她臂膀上有一个哪吒,她的腰上还有一个阿童木,好像是在腰上。"阿珍指了指自己的腰。小刘礼貌性看了,挺细的。

"有文身的呀。"

"嗯,读书时她就特立独行,蛮特别的。"阿珍在找JAJA,但是今天JAJA并不上班,所以阿珍找不到她。此时此刻,能让阿珍找到的人只有小河。小河现在就在梦辉里面。但小河究竟是在哪个屏幕里,这还需要小刘和阿珍两个人并肩努力。

不一会儿,像是小河和阿珍提前约好了的,他们要"相遇"了。隔着一个屏幕,阿珍看见小河和一个女人,哦,也许就是他那个所谓的婶婶,他俩先是在门口交头接耳说了什么,一会儿走远,一会儿又走近了。不好,他们俩突然黏在一起了;不好,他们就在房间门口拥吻了。这是怎么回事?这俩人在干什么?她能认出小河来,小河穿着的T恤、小河的鞋子、小河的头发,哪怕在屏幕里一切都是那么小,她还是能确定这就是她的男人。

看到这一幕,连小刘都很惊讶,"这两人在干什么呀?这不是芳姐吗?"小刘说,目睹了丑闻一般地尴尬和难堪。

"是的,你们的芳姐。"阿珍冷冷地说。

阿珍想好了,她决定不问,她决定今天晚上等小河回来她不问任何有关此时此刻画面的任何问题，因为这个小河怎么也解释不了的。

"小刘，你能不能帮我抹掉这段？"阿珍对小刘说。阿珍不想让这一段视频存在。她不能接受。她怕自己还会来看。

"我们就保留一个月的。一个月后就自动被覆盖掉了呀，不用抹掉的。"小刘突然来了灵感，问，"他是你男朋友吧？阿珍姐。"

阿珍已经在掉眼泪了，小刘马上像个少男一样惊慌失措。不过阿珍还是用了一点演技，反正是真的伤心了，她就顺便靠到了小刘肩膀上哭。阿珍决心交小刘这个"朋友"，"帮我抹掉这段，好吗？"

小刘心软，力所能及的事，可以共同保守的秘密，他决定让自己成为一个白羊座，成为一个乐于助人的白羊座。

41

那天之后，阿珍总是睡不好。她的精神世界已经濒临崩溃。第二次。第一次是小时候，关于她父亲。

不过她还是照常做饭、洗衣服。她觉得只有在做这些事时,她还算是一个正常人。

这几天小河的胃口不是很好,但也可能是她做的饭菜有失水准,阿珍问小河:"是不是这个鸡汤里的盐放多了?"

"是没放盐吧?"小河笑着说,"一点味道都没有。"阿珍意识到自己把问题问反了。"鸡汤是不是可以不放盐?我就想尝试一下。我在网上看,说鸡汤可以不放盐。"那还是比小河家里那些瓶瓶罐罐所谓"自加热鸡汤"好喝,阿珍有这个自信。

阿珍最近是在小刘监控室里喝了一罐,小刘主动要求"请客",阿珍没有告诉小刘,这些鸡汤就是自家男人带来的,带给芳姐,然后芳姐分发给了刘经理,小刘的哥哥,然后刘经理给了小刘。这些自加热鸡汤就是如此不受待见,漂流至此。

"不放盐,就没味道。"小河飞快地扒拉几口饭,放下碗筷说。

阿珍咕咚咕咚端起那碗鸡汤喝起来。

"怎么了?阿珍。"阿珍这举动是挺反常的。问阿珍,阿珍也不说话。过了会儿,小河不安,他总觉得阿珍状态不对,又来关心阿珍。

这时阿珍决心问一些自己想知道的事,"能不能再跟我说说你婶婶的事?"阿珍的神情如此严肃,严肃到小河像是第一次见到她一样。

可当小河傻愣愣想继续说他和婶婶"谈恋爱"的往事时,阿珍伸手阻止了他,"别说了,我不是想听这些。不是想听过去的事。"

这会儿轮到小河纳闷了,"什么意思?"小河也不是没有思维的延续性,他好像听出了阿珍的言外之意,"你是不是怀疑我跟我婶婶还保持着关系?"小河或许有点恼羞成怒,嗓门大了很多。

"不不,我不是这个意思。"阿珍马上服软,她已经想好了,不打算确认自己知道这件事。

正在生气的小河站起身走到门口,然后来到了走廊里。他摸出香烟又摸出打火机,用打火机给自己点燃香烟。他靠在门口,抽了大约三分钟的香烟,然后折回房间。有些秘密是很难说出口的,对小河来说,究竟哪一部分是真正的秘密,甚至他自己都分不清。"阿珍,我跟你都说了吧,要不?"语气重新变得温和的小河,那就是阿珍爱的人。

小河和他婶婶的故事是一场孽缘,是小河内心的结。一个男孩在十三四岁时遇上了一个十六七岁的女孩,她爱他,他还被表白,那情窦不开也得开。可以说,小河的情窦是被拔苗助长了的。

阿芳是小河的邻居,看着小河懵懂,就故意上学路上在小河面前摔跤。小河骑着自行车就自动停在阿芳面前。那时候，阿芳还只是小河的邻居小姐姐，并不是小河的婶婶。小河下了车，但并不往前走，直到阿芳大喊一声，"赶紧过来扶我一下。"小河就像是得到了指令一般，停好自行车。他不知道是该先伸出左手还是右手去扶他的邻居，但首先要弯下腰那是肯定的。

阿芳迅速抓住了小河的右手，然后一跃而起。"谢谢啊。"阿芳道谢之后，重新把她的自行车扶起来。

"下午学校里有篮球比赛，要不要跟我去看？"阿芳问小河，"是区里总决赛，我们学校和康桥争夺总冠军。"

"我不会打篮球。"小河一字一句说。

"看别人打篮球呀，又不是让你上去打。篮球比赛可好看了，难道你不看《灌篮高手》？"

"哦，那个我看的。"

"那你最喜欢里面的谁？"

小河想了想，好像没有参考答案。

见小河不回答，阿芳想了想，这是个没开窍的傻孩子，"那下午我来找你？"

小河想了想下午的课，点了点头。

阿芳比小河高两个年级，阿芳初三，小河初一。但是比赛却是初二年级组的。这搞得阿芳和小河在赛场周围找不到认识的同学。但是很显然，这是阿芳故意的。他们坐在篮球馆最后排但是最高的座位上,看着前排拉拉队时不时加油呐喊,再前面一点儿是场地里的男孩子们积极跑动、投篮,欢呼和懊丧。"你看那个。"阿芳对小河指着康桥中学的后卫,"就是皮肤最黑的那个。"

"嗯,怎么了?"

"我觉得他喜欢那个小姑娘。"阿芳又指了指拉拉队中那个穿白衬衫的女孩。实际上拉拉队都穿着白衬衫,但阿芳往那儿一指,小河也马上意识到阿芳指的是哪一个。

"为什么啊?"

"你有没有观察能力啊,你没看见那个黑乎乎的家伙没球时总是往那边看吗?几秒钟看一次,几秒钟看一次,太明显了。"

小河服气,原来阿芳过来并不是单单看球,如果是看球,没球的那个人的任何表现她又怎么能注意得到?阿芳是来看人的。

"你再看那个,他们康桥队里个子最高的那个。"

"嗯,怎么了?"

"我觉得他不仅个子很高,智商也很高。他是在用脑子打球,打得很好呢,但我也觉得他时不时走神。我猜不出为什么,你觉得呢?"阿芳问身边小河。

观察得真仔细!小河感叹。阿芳虽然年纪比小河大,但还是少年,但她已然拥有通过观察精通人性的潜能,

"或许他应该跟他们的小前锋有点矛盾吧,好几个球都没传他们小前锋,按理那个小前锋位置更好,可他还是回传。要不是对方菜鸡,这么打可怎么赢啊?"

"你怎么懂这么多?连场上球员的位置都知道。但是他们投篮真的很准。"小河说。

"天赋咯?爱好咯?"阿芳摊了摊手,努了努嘴,也不知道是在夸自己还是在夸场上队员。

"天赋是什么?"

"天赋啊,就是擅长呗。比如,我的天赋不在学习上,爱好也不在学习上,大概就是在这种地方。"

小河无言以对。他觉得能把学习成绩差的原因归结成这样,也是一种本事。

"你再看看那个。"阿芳指着康桥队里的大前锋,"我看他气质冷峻,将来不是当律师,就是当警察。"

"你连人家将来的职业都可以预言?"

"当然,那个黑乎乎的家伙将来肯定是公务员,要不然就是去国企单位。虽然会偷瞄人家小姑娘,人看上去还是稳的。这种就是闷骚型的典型,可惜就是人不够帅。我不光可以预言职业,我连婚姻爱情都可以预言,或者说是预测吧。"

什么是婚姻,什么是爱情?小河听着感到脸红。

"那个小前锋帅不帅?帅的吧。眉毛总是挑来挑去,也不知道是挑给谁看呢，将来就是个花花公子，也一定会死在女人手里。我就这么预测了。"阿芳说完，对小河看了一眼，"嘿，那你将来能不能死在我手里？"她问小河。

"不要。"小河拒绝。这一句他听明白了。

"如果不是你死在我手里，那将来让我死在你手里好了。"阿芳说。

"你将来想做什么？"小河问阿芳，并且顺利重新开启了一个新话题。

"你想做什么？"阿芳问小河。

"我先问的你啊。"

"嗯，那让我想想。"

"你那么精通人性，将来去当作家好了，去写人。我听我叔叔说作家都精通人性。"

"你叔叔？那是个傻子吧。喊，作家有什么好当的？又不赚钱。我要去做赚钱的行当。如果我真的能精通人性，那我可以做的行当可就多了。"

小河看出了阿芳一脸的骄傲，只是小河刚刚才明白阿芳的骄傲是从哪里来的。按理一个学习成绩很差（小河听说的，但不会错）不该这么骄傲的。此外，关于阿芳的身份或者说来路，小河更觉得她不该是这么骄傲的一个人。阿芳是领养的。小河邻居的孩子早夭，之后没几个月，有人把看上去刚刚满月、裹着襁褓的阿芳放在了他们家门口,这是邻里都知道的关于阿芳的"身世"。

"但听得出来,你婶婶从小就是厉害角色。很有闯劲,胆子大。"阿珍故事听到了一半,对小河说。

"可是她成绩真的很差。"小河补充真相,"所以我爸妈就很反对我跟她一起玩。"

"怕你跟她早恋吧,然后影响你的学习?"

"差不多是这样。"

"但你们后来又是怎么好上的?"

"后来啊,我婶婶,哦,不,阿芳,她约我看电影,看的是《泰坦尼克号》。一九九八年嘛,那部电影刚刚上映。那时候我其实不太看得懂故事,只觉得好看、感人。我虽然没哭,但我婶婶,哦,不,阿芳,她哭了,哭得稀里哗啦。走出电影院时,我才发现她脸上都是没干透的泪水。"

"然后呢?能不能说说重点?"

"然后啊。"小河坏笑了一下,"然后她就在路上把我强吻了。他妈的!我的初吻。"

哦,吻了。阿珍心里想,终于吻了。"小河,你真的不打算说说你在梦辉和你婶婶拥吻的事吗?"阿珍在心里对小河说。"没事,你不说就不说吧。我知道你是真的爱我,那就行了。"阿珍又在心里对小河说了一句。

阿珍不打算探访小河的隐秘,但她决定戳穿小河婶婶

第四章 RIVER·河牌　233

的敷衍和谎言,"其实,你婶婶并没有帮你卖鸡汤。"

"啊?你怎么知道的?"小河羞愧又好奇。

"她把鸡汤都给了梦辉的经理,经理都分给小弟们喝了。就是这样。"

小河还是不明白阿珍是怎么知道这一切的,但他更惊讶于阿珍为什么要点破这一切?他知道他的婶婶已经不是当年那个对他无比热情、无比上心也无比爱他的人了。他不仅已经发现婶婶没帮他卖鸡汤,甚至还帮别人卖其他品种的鸡汤——是的,一样是"自加热",只是另一个牌子,另一个"代理",这是他那些天"巡店"时发现的。很容易辨认:小河的自加热鸡汤是红色包装的,市面上另外一款性价比和口味都更符合大众需求的自加热鸡汤是蓝色包装的。小河只要在梦辉的房间门口稍加留意,看看偌大包房里茶几上是什么颜色就能知道真相。虽然从"商业角度"看,婶婶选择那一款鸡汤而不是选择小河这一款鸡汤,没得说,但婶婶,你是我的婶婶,你是我的阿芳啊!发现了真相的小河内心这样疾呼过。

小河确实很受伤,甚至觉得有点丢人。

另外一个让阿芳代理销售鸡汤的人小河也发现了,看上去,他就是婶婶的"情人"。

婶婶和叔叔的婚姻早就名存实亡,这一点小河是确认的。但是,他和婶婶之间的"感情"是否还在?小河尝试骗自己，但没有骗成功。

那天在婶婶阿芳大叫了一声之后，小河就迅速用手捂住了她的嘴，"别叫了。"小河说。利用那个档口阿芳已经乘机转了个身，面对面看着小河。小河把手松开，阿芳看着他，他也看着阿芳。阿芳的眼神意思很明显，是"石小河，你想干吗？"而小河想从她的眼神里看到"我还爱着你，我还在乎你"，没有，没有，小河没有看出这些，他只看到了一个陌生的眼神，仿佛这个眼神从来没有出现过在他的生命里。他把不时挣扎几下的婶婶推到了墙角。

阿芳说："你别闹了，小河，这房间没门锁的，随时会有人进来。"

"我不怕，这有什么好怕的。你在怕什么，阿芳？"

阿芳开始摇头晃脑起来，甚至还跺起脚来。而小河要做的、小河想做的，就是凑近阿芳的嘴，他要吻她，要吻还她。二十多年前，小河个子比阿芳小，阿芳抱着小河，吻了小河。现在，小河个子比阿芳高了，他要报复。可是阿芳摇头晃脑更厉害了，因为小河松开了捂住她嘴的手，她已经可以轻松喊叫，她果然喊起人来。

小河不太能听清她喊的是哪个保安的名字，因为他很快就用他的嘴把阿芳的嘴给堵上了。阿芳的嘴被堵上了，被堵得严严实实。

阿芳虽然被动，但依然保持着防守姿态，任凭小河怎么努力试图把舌头伸入她嘴里,她都不打开紧闭的双唇,以及坚硬的牙齿。小河越来越努力,努力把舌头变成一个能钻地的仪器,终于,他钻开了阿芳的双唇,甚至触碰到了她的舌头。但令小河震惊的是,她的舌头非常冰冷。

小河看过一本书,不知道是哪个王八蛋写的,"如果你在吻时发现对方舌头是冷冰冰的、僵硬的,那对方就是不爱你了。"

答案已经浮现,小河在心里说:"再见,阿芳。"

面对阿珍的"坦白",小河打算供出一部分真相了,"她后来没办法跟我在一起,因为我爸妈发现了,而且明确反对。"

"然后就嫁给了你叔叔?"

"对。这就是最荒诞的部分。她说她做不了我的爱人,就要做我的亲人。"小河笑了,但是笑得非常非常难看,"还有更荒诞的,你要听吗?"

阿珍面无表情,她可能是担心之后将听到她并不想接受的内容。

"那我讲给你听吧,你帮我保密。"

阿珍点头。

"我妈妈是我婶婶杀死的。我婶婶给我妈妈下了毒,因为我妈妈不让我们在一起,所以……"小河说完,像是一具僵尸一样,静止了十秒钟。这是一具心被掏空了的僵尸躯体。

十秒钟之后,还是阿珍先开的口,"好吧,小河,那我也告诉你一个秘密。我爸爸不是自己死的,是我妈妈看着我爸爸死的。"看上去如此坦诚相见的两个年轻人。

但阿珍隐瞒了最后一件事:她妈妈是看着她爸爸死去的,但她妈妈并不是凶手。

真是公平。小河也隐瞒了一件事:他妈妈死了,杀死他妈妈的人严格意义上,不仅仅是他"婶婶"一个人。

普通人之间的爱情多半就是骗来骗去,阿珍和小河之间也不过如此。欺骗和隐瞒本来就是亲戚,但是爱情是可以存活在谎言之中的,甚至只能存活在谎言之中。两个内心藏着巨大秘密的人,不能不把谎言编织成为自己的家。

"不管怎么说,阿珍,我爱你,如果你怀疑我,我可以为你做一件事,不,任何事,我可以做任何事来证明我爱你。"

"好,任何事。"阿珍心意已决。

42

刘涛还在等,等另外一个重要线索。它也许能证明珍妮是杀害曹峰的凶手,仅仅是珍妮自己的口供,无法说服刘涛杀死曹峰的另有其人。

技术科的人本事很大，但也花了点时间。刘涛拿到了被恢复的曹峰和珍妮的聊天记录，他是和顾湘一起看的。

看到一半时顾湘就开始感叹："哇，刘哥，你这个同学嘴巴可真是甜啊！这泡妞本事太强了。"

顾湘见刘涛不回话，大概也意识到不适合、不应该，绝对不可以去嘲讽一个死人，尤其是这个死去的人是对面这位师父的同学，于是她埋头开始干活。

师徒二人翻阅着一沓打印纸，曹峰和珍妮的聊天记录并不短小精悍。

从曹峰加了珍妮微信的第一天开始，曹峰就几乎每天都会给珍妮发微信。

第一天——

曹峰：妞，不好意思，昨天喝多了。对不起对不起。

珍妮：不用这样。我也不是小孩子，你也没得到什么大便宜。我叫珍妮。

曹峰转账了一个红包，888元。珍妮收下。

珍妮：谢谢老板。

曹峰发了一个感恩的表情。

第二天——

曹峰：我昨天梦见你了。

珍妮：梦见我给你发了什么牌？

曹峰：不，一个春梦，一个美梦。

珍妮：又喝多了吧，你。

曹峰：又？

曹峰：梦里没喝多。

珍妮：那我没骂你？没打你？

曹峰：没有。你很喜欢我，很心疼我，在梦里。

曹峰：再说，我就只是亲了你一下，不至于打我吧？

珍妮：我这个人很无趣，还很危险。你要小心。

曹峰：有多危险？

珍妮：会死人的。

曹峰：愿意殉情。

第三天——

曹峰：在干吗？

珍妮：没干嘛。

曹峰：这么冷漠？

珍妮：没有。

曹峰：冷若冰雪。

珍妮：霜，冷若冰霜。没有冷若冰雪这个词。

曹峰：我不喜欢霜，我喜欢雪。

珍妮：长岛是没有雪的。

曹峰：你知道山东有个地方也叫长岛吗？那里有雪。

珍妮：曹老师渊博。

曹峰发了两张长岛的照片给珍妮。

曹峰：有机会一起去长岛玩吧？冬天，看雪。

珍妮：我应该没什么时间。

曹峰：你做什么工作的呀？这么忙。

珍妮：发牌啊。

曹峰：那应该很自由啊。

珍妮：收入微薄，和曹老板没法比。

曹峰：你知道我是干什么的？

珍妮：当然知道。

曹峰：你专门了解过我们每个人的职业和背景？

珍妮：倒也没有多了解，就只了解过你们每个人是干什么的。长着耳朵呢，没别的意思。

曹峰：今天有牌局吗？没牌局的话，晚上一起喝点儿？

珍妮：有。改天吧。

曹峰：在哪里？我等你结束去接你？

珍妮：不知道什么时候结束。打牌的人都不知道，我更说不好。改天吧还是。

曹峰：（竖大拇指）很职业。找到你这样的发牌员是我们的荣幸。

曹峰：那你哪天有空？

珍妮：后天吧。

曹峰：那后天见。

第X天——

曹峰：昨天几点钟结束的？

珍妮：凌晨三四点钟。

曹峰：有人送你回去吗？

珍妮：没有，我自己打车。

曹峰：他们也太不绅士了，荒郊野外的，你一个女孩子多不安全。

曹峰：而且是这么漂亮的女孩子。

珍妮：跟他们都不熟。规矩就是这样。

曹峰：那你意思是，我们挺熟的？一见如故？

珍妮：是你喝多了，非要送我，拒绝好几次都非得送。我发牌从来都是自己打车来回。

曹峰：酒壮怂人胆。今天牌局远吗？

珍妮：就在市区，很近。

曹峰：那就好。

第 X 天——

曹峰：睡醒了吗？

珍妮：醒了。早就醒了。

曹峰：昨天结束得挺早？

珍妮：嗯，两点多就结束了。

曹峰发了个地址给珍妮。

曹峰：十点半这里见，可以吗？

珍妮：OK。

第 X 天——

珍妮：后天的牌局你来吗？

珍妮：你不来的话，我去别的场子了。

曹峰：档期有冲突？

珍妮：嗯。另外一个场子给小费比较多。

曹峰：那你去那里吧。我今天刚好有别的事。

珍妮：好的。

第三十五天——

曹峰：晚上去你那里还是来我这里？

珍妮：你先来接我吧。到时候再说。

曹峰：新的马桶到了，卫洗丽，终于。

珍妮：终于什么？

曹峰：终于可以洗你的屁屁了。

珍妮：？

曹峰：少华又找我借钱。

珍妮：你给了吗？

曹峰：没办法。我不想他把小毛的事说出去。对了，我跟我爸也说了我跟燕敏的事儿，也说了小毛。

珍妮：你爸怎么说？他知道自己有了个孙子，有没有很开心？

曹峰：差点没打死我。但好像有点开心，又好像不太开心。

珍妮：可以理解。突然来了个孙子，却不能相认。你爸见过小毛吗？

曹峰：见过几次，范军和燕敏之前有带他来过。

曹峰：这事儿你可千万不要跟别人说啊。

珍妮：不说不说。你烦不烦啊，每次提到都这么说。你这么不相信我吗？

曹峰：不是这个意思。

第 X 天——

曹峰：你今天过来吗？

珍妮：现在还不好说，晚点再说吧。

曹峰：你都好几次没来了。你最近很忙？

珍妮没有回复。

曹峰：自从你跟我说了那件事之后，我每次看到警车和警察都有点害怕。

珍妮：你能不能盼我点好？他们现在不可能来抓我的，你别去举报我就行。

曹峰：我疯了吗？我为什么要去举报你？你这话太让人伤心了。

珍妮：开玩笑的。

曹峰：能拿这个开玩笑吗？

珍妮：好了不说了。聊天记录删掉吧。

曹峰：删了。

珍妮：清空聊天记录。

曹峰：OK。

曹峰发了已经清空聊天记录的截屏。

信息量不小。刘涛和顾湘看着看着，时不时面面相觑。

其中一个早就确定的 breaking news 是曹峰有个儿子，还就是范军的"儿子"，小毛。

顾湘指了指那里的信息，用疑惑的眼神看了看刘涛，意思是,"这怎么弄?"

"那么,如果曹峰真不是这个珍妮杀的,这样说起来,你们范军是有嫌疑啊!"顾湘说。

刘涛沉默着,不知道在思考什么,还是不敢接受这样的猜想。"你们范军",这四个字就像是一种提醒,提醒刘涛需要更加谨慎去处理各种可能性。只是这聊天记录,已经被删除同时又被恢复的聊天记录,在旁人眼里就像是无法被抹去的事实真相——不是就像,应该说就是。

不带感情色彩,聊天记录里一对一的私人对话,除了爱情,很少谎言。

只是刘涛是一个有感情的人,他需要通过这些聊天记录重新梳理整个故事线。

"师父,我以前看过一部网络小说,叫《谢同学不杀之恩》。你们这同学关系特别……像……也真是奇葩了。"

"干活吧,不然滚一边去。"刘涛终于忍不住了,怒斥道。

顾湘只好埋头继续。

第 X 天:

曹峰:不要杀人了。

珍妮:清空聊天记录。

曹峰:真的不要杀人了。

珍妮：那如果我真的杀了人，你可以为我顶罪吗？

记录显示曹峰过了五分钟才回复：我会。

珍妮：好，你记住这句话。清空聊天记录。

曹峰：OK。

曹峰发了已经清空聊天记录的截屏。

43

"妈妈，你在干什么？"

"要给你爸爸打针。"

"为什么要给爸爸打针？"

"这样，爸爸可以睡得久一点，就不会打我们了。"

"那我也要给爸爸打针。"

阿珍的母亲是在哭，但又不像，或者她不想让孩子发现这个事实。她颤巍巍坐在床边，犹犹豫豫，好像下不去手。她感到深深恐惧，担心丈夫醒来后会如何报复自己。

她有双重的恐惧。她还恐惧自己要成为一个杀人犯，直到她看见阿珍抢过自己手里的针筒，她的恐惧有了第三重。

她看着十四岁的女儿给自己沉睡中的丈夫手臂上扎了一针，紧接着又是一针。这小孩是什么时候开始学会给别人扎针的？阿珍的母亲怔住。

她给老程准备的是胰岛素。胰岛素除了可以降低血糖，还能促进全身组织细胞对葡萄糖的摄取和利用，并抑制糖原的分解和糖原异生。阿珍的母亲在医院里听说过用胰岛素杀人的案例，"当体内胰岛素过多，血糖就会迅速下降，这时候人体大脑组织受到影响，可能会出现惊厥、昏迷和休克，甚至死亡。"

做了十多年救死扶伤的护士，阿珍的母亲最后却运用医学专业知识送走了自己的丈夫。

尽管不是亲手送走的。

十多年后，借着一场有预谋的大火，阿珍为昏迷中的小河婶婶又注射了一针胰岛素。

她人生中第二次为别人打针。

案发后，刘涛接手了这个案子。很快，他查到了关键线索，并顺利"破案"。

而那一晚小河哭了，哭得像个小孩。他哭着对阿珍说："宝贝，我来顶你吧。你可以脱身的，你要好好的。"这是小河第一次叫阿珍"宝贝"，阿珍还觉得有点肉麻，肉麻得也想哭了。

"你要好好的，我已经让邱老师把我的车卖了，钱他会打给你的。"小河擦了擦自己的脸。

"为什么?"阿珍问道。

"因为,我爱你。"小河牢牢看着阿珍。

而阿珍回应着,看着小河坚定的样子,她哭着,也想笑。这是第一次,她第一次听到小河说"爱"这个字,而且还很完整,"我爱你"。

爱是什么呢?爱就是为了心爱之物肝脑涂地吗?阿珍摇了摇头,但她选择愿意。她默念着两个英文单词,"I do"。

后来她解开自己的衬衫,从最上面一排纽扣依次向下开放,紧接着又解开了自己的牛仔短裤,然后狠狠推了一把小河,最后她顺利骑到了小河身上。

"你进去了,里面没有女人的。你给我好好记住这一次。"阿珍一边上上下下运动,一边在小河耳边用力地说着。

不是每一次做爱都会让人记住的。那么用力地做爱,之所以让阿珍记忆犹新,是因为那一次包含着巨大的感情震荡,灵与肉的共振。

在那之后并不多发生了。

不久之后的一天,阿珍自顾自决定改名,艺名:珍妮。

"洋气吗?"她挺了挺胸,问镜子里的自己。她回忆着那天下午小河和她的对话。

"你知道去外面发牌,可以挣钱吗?"

"真的吗?"

"真的,而且很多,一晚上客人高兴起来,可以挣好几千。"

"那我可以?"

"你?"小河看了看阿珍的胸,摇了摇头。

"我想去发牌。"阿珍认真地说。

"抓起来,三个月?你去?"

"就三个月吗?"阿珍问。

小河皱了皱眉,"你嫌三个月短?在那里,可是度日如年。"

44

刘涛需要再次问讯珍妮。以目前掌握的信息来说,真相依然扑朔迷离。

确认曹峰和燕敏有这样的婚外关系,倒并不太出乎刘涛意料。如果刘涛知道曹峰的骨灰是曹爸爸从燕敏那边"乞讨"来的……但曹爸爸不可能透露这样的"丑闻"给刘涛。

但是范军究竟知道不知道？如果知道，范军应该有怎样的心理波动？范军会不会因此暴露出谋杀"情敌"的动机？

范军又是怎样"毒杀"了曹峰？

还有，"不要杀人了。"曹峰这么对珍妮说，到底是为什么？曹峰难道死之前就知道珍妮要去杀陆少华？

这一次"提审"珍妮，刘涛比之前有了更明确的审问方向。

"你和曹峰的关系保持了多久？"

经历了一晚的拘禁，珍妮已经面露疲惫，她以为这一切已经结束，交代了所有她认为需要交代的事。之后，她应该被审判，然后被执行——不知道是怎样的刑罚？或许是死刑，或许会缓刑，因为她已经"坦白"了。不过，在她这里，也有一个谜题，唯一的谜题：曹峰究竟是怎么死的？

"刘警官，听说曹峰是被人下毒死的，对吗？但我知道的都已经告诉你们了。"

"回答我的问题。"

"在我去你们朱老师家开始发牌不久，大概一个多礼拜开始，直到他死了。"珍妮回答道。

"他有没有跟你说过他有一个儿子？"

珍妮沉默了一会儿，然后点头。

"你知道这个儿子是谁的?"

珍妮又沉默了一会儿,刘涛的讯问让她意识到:曹峰的死或许跟他的儿子有关。

"范军,你的同学。曹峰跟我这么说的,但究竟是不是我不知道。你们可以去调查,验 DNA。"珍妮生怕自己的信息未必就是真相。

"很好。"珍妮的回答得到了刘涛的肯定。在刘涛眼里,如果珍妮愿意这么诚实,那她这边的证词就可以统统采信了:陆少华就是珍妮杀的,而曹峰不是。

"你怎么知道这件事的?"

"曹峰他亲口跟我说的,我想这是他人生中一个最大的秘密。因为我也把我人生中最大的秘密告诉他了。我想这是我和他互相信任的一种方式,他们说这个叫作'投名状'。"

"那范军知道这件事吗?"

"我想他不知道。如果他知道,这就不是秘密了。"

"你为什么这么肯定?"

珍妮被刘涛的问题问住了,"我觉得他不知道。但也许是知道的。"

珍妮的回答恰巧就是刘涛的想法,不过他还有进一步的追问,"那曹峰和陈燕敏,就是范军的老婆,后来还保持关系吗?"

珍妮苦笑一声,"应该没了吧。他们应该是断了。"

"你为什么这么确定?"

"如果没断,我觉得曹峰压根不会跟我说这些事。你说呢,刘警官。"珍妮露出自信的面容。

刘涛觉得珍妮说得应该没错。最后刘涛想到了一个可问可不问的问题,忍不住还是问了,"你和小河呢?你们断了吗?"

安静了一会儿,谁都没有说话,直到珍妮叹了一口气,"或许算断了,我不知道。"突然珍妮像是记起什么重要的事情来,显得有点激动,"刘警官,我做的事我都坦白,你们赶紧把小河放了吧。"珍妮一五一十把小河替她背锅的事说了一遍,说到动情处,珍妮哇哇哭了起来。

刘涛给珍妮递了两回纸巾。

"求你了,刘警官,我反正已经这样了,小河不应该再待在里面,把他放了吧。"

"放了?恐怕放不了。根据你的说法,他也是犯罪了。最多就是减刑,他需要去上诉,案子就得重新审、重新查、重新判,你以为你过家家呢。"

"那也不能冤枉好人吧。"

"冤枉好人?不是吧。就从你交代的情况看,小河也不完全是无辜的。至少,他包庇你,还影响公检法断案。包庇罪是跑不了的。"刘涛说。

听完这句话,珍妮忽然就泪如泉涌,伴随着抽泣。她手里捏着一大团纸巾,但这些纸巾都无法承受止不住的洪流。

或许是她开始怜悯小河,但更像是怜悯她自己这三十年的人生。从被父亲霸凌,到被老乡欺骗,为了小河她杀了一个人,为了曹峰——或许也为了自己,或者别的原因,她又杀了一个人。为什么她能变成今天这样?她或许也不明白。会是死刑吗?如果她全盘交代之后,会是死刑吗?

刘涛很少看见嫌疑犯会在被审判定罪前直接崩溃,尤其是这个珍妮。她发牌时的专注、冷静和她被抓时的平和、镇定,与此时此刻的放纵大哭相比,不可同日而语。该崩溃的,迟早还是会到来。

但刘涛还有问题。他需要等待珍妮稍稍平静一些,等待更好的时机。

"不要杀人了。"刘涛重复着这句话,曹峰最后发给珍妮的话,"曹峰在微信里这么跟你说,他是什么意思?"

刚刚情绪有所稳定的珍妮抬起头,皱眉看着眼前的刘涛。她的双眼红肿,布满血丝。她嘴巴张开了一会儿,又闭上,随后她红肿而布满血丝的双眼又涌出新一轮的泪水。

刘涛又递来纸巾。

忽然之间，这个名叫程明珍的女人彻底崩盘了，趴在她面前的黑色桌子前嚎啕大哭。

而刘涛和顾湘只能愣在一旁。

"如果你杀人，那我就一定会帮你顶罪，我说到做到。"这是曹峰给珍妮的承诺，"我会保护你，保护你的未来。"曹峰在珍妮身边认真地说。

"我的过去呢？如果我过去杀过人呢？"

曹峰笑了，"过去你杀人我可管不了。但是未来，未来如果你杀人，那我就一定会帮你顶罪，我说到做到。"

那天手心全是血红色勒痕的珍妮在陆少华的阳台上，回想着曹峰说的这句话。

"曹峰，你说的，你说你会说到做到，你来呀。你来呀。"珍妮在十六楼的阳台上，一边哭一边说，然后唱了半首《不要告别》，任凭手指上夹着的烟烟灰燃尽。

皎月挂在天空，像弯刀，也像曹峰沉默的笑脸。

曹峰露出笑脸，对珍妮说："你发牌就像是，就像是发飞镖。"

"很快的意思？很熟练？"

"还很准。你发的每一张扑克牌就像一把刀片，直愣愣割在我的胸口。"

"你会保护我，保护我的未来。说话算话吗？"

"当然。"

"就像你下注。一旦下注，就不能收回了。"

"我简直想 all in。"曹峰做出了一个推光所有筹码的动作。

"你不要反悔就好。"珍妮回答，然后笑了，笑得那么甜。

就笑在一轮皓月之下。

珍妮犹豫过，她犹豫的不是她要不要杀人，她现在怀疑曹峰对她的爱，莫非是认真的。

十六楼，珍妮痛哭，她明白她现在再也不知道这个答案了。她不会知道，这个曹峰会不会像小河一样为她做这一切。

而且她确实不知道接下去该怎么走人生这条道路了。这条路还长吗？还会遇上爱人吗？还会有人承诺要保护她吗？

想到这里，她甚至开始慌张了，人生第一回，慌张，不安。

或许再也没有人会帮她了。

不知何故，珍妮的悲伤似乎传染给了刘涛。或许是舟车劳顿和不停顿的工作让刘涛深感疲倦，或许是两位昔日好友的相继离世让他更为心碎。

如果算上对小河案件的愧疚——倒不是个人对小河的愧疚，只是刘涛觉得自己没有尽到工作义务——他觉得自己走路的脚步都有点沉重。但是再沉重,也得往前走。

小河案件也得重新弄了。按照珍妮交代的情况,小河的案子必须重新来过。

"挺顺利的,师父。"顾湘倒是没有受到影响,她轻快地收起黑色的本子,在那本子上她详细完整记录了珍妮的证词。而珍妮的证词,几乎把整个案件说通了。

"怎么顺利了?"刘涛并没有这样的同感,但他愿意听一听顾湘怎么说。

"那我现在来捋一下啊。"在讯问室门外,顾湘对看似一脸愁云的刘涛说,"范军发现了老婆出轨了他的同学,也就是你的同学,大家的同学——曹峰。然后,他就蓄谋把你的同学,也是他的同学,大家的同学曹峰,毒死了。我觉得事情应该就是这样的,现在我们要做的,就是要找到证据,证明毒死曹峰的利多卡因和范军的关联。只要找到这个,案子就没问题了。"顾湘信心满满地说道,但她面前的刘涛并没有顾湘想象中的频频点头,于是顾湘就问:"师父,你是不是还没有接受这个事实?还是说你觉得我的推理还有什么漏洞?"

或许在她眼里,刘涛无法接受一个同学杀害另一个同学?这才是真正的漏洞。

"不是。你说的只是动机。我们目前只是初步排除了陆少华杀害曹峰。从动机上看,范军有嫌疑,但现在只有动机这一项,并且我觉得还不充分。如果范军之前就知道燕敏和曹峰的事,为什么之前不杀,不复仇?当大家都觉得曹峰和珍妮好上了,珍妮也承认她后来成为曹峰唯一的情人,按理,如果珍妮说得没错,曹峰就应该和燕敏断了。范军为什么要在曹峰和燕敏断了关系之后再去杀曹峰?这里还有说不通的地方。如果范军不知道这摊子事,那就更没有理由杀他,你说呢?"

顾湘默默点头,这是个矛盾。眼前的师父冷静严密。

"那我们还需要做什么?"

"所以,假如范军是凶手,或者不是范军,总之促使凶手去杀曹峰的,一定不仅仅是曹峰和燕敏的关系。"

顾湘继续连连点头,她钦佩刘涛不是没理由的,"话说,师父,当年你就没发现你同学之间的这些'感情纠纷'?"

刘涛又回忆了一遍,他印象中似乎记得燕敏是喜欢曹峰的,但后来,他们的事不了了之。再后来,在刘涛记忆里,燕敏好像就直接成为了范军的女友。如果现在想起来,似乎当中一定发生了一些什么才对。

"我想,可能,燕敏是为了气曹峰才跟范军谈恋爱、结婚,但她后来后悔了,或者还是放不下,然后她和曹峰重启了感情,还保持着情人关系,你说呢?"刘涛自言自语了一会儿,又问顾湘。

"你们曹峰是不是一个花花公子？在读书的时候？如果是的话，一般女孩子可能又爱又恨，最后找个相对老实可靠的人结婚，这都是很正常的啦。但是为了气一个人而去跟另外一个人还是对方认识的人恋爱结婚，这个我觉得……"顾湘说。

"你觉得什么？说不通吗？"

"说得通，只是花花公子的话，再吃回头草？"

"花花公子。"刘涛重复了这四个字。他想起了一件往事。

当年他们一群人一起打球，有一回对手挺强，刘涛有印象，双方打得你来我往，比分十分胶着。那是一场训练赛。曹峰正在运球，忽然侧方有人过来抢球，突然到了曹峰跟前不小心滑倒了，结果手肘正好撞到曹峰裆部。一看就是非常严重的撞击，曹峰迅速弯下身子，把自己蜷缩成了一团，这可把在场的所有人都吓了一跳，觉得曹峰恐怕小根不保。但大家刚要上去关心一下，几秒钟的时间曹峰就站了起来，像没事人一样，稍微用手揉了揉那里，嬉皮笑脸就走开了。当时刘涛还特别担心，跑上去问曹峰："被撞了这里？"他指了指曹峰那里，"你居然不痛？"

曹峰假装笑了笑，说："没撞到。"

"我就怀疑他连鸡鸡都没有。"刘涛对顾湘说，"咦，我为什么要说这个？"

"一个花花公子没有鸡鸡……"顾湘大大咧咧的样子让刘涛说起这尴尬往事也没什么顾虑。

刘涛停止了胡扯，他认为这么说这么做，自己有点胡闹。

曹峰当然是有男根的，他只是少了一个睾丸。那次撞击是从他的右后方撞上来的，而他的右边没有睾丸。他一开始甚至以为每一个男孩都只有一个睾丸，直到小学毕业去体检，医生看了看他的下面，皱了皱眉头。他问医生，怎么了？

医生马上说："没什么，比较少见。你爸妈没带你去查过？"

没有。曹爸爸没有带曹峰去查过。

不久之后，曹峰知道了自己的"与众不同"。

"一个睾丸肯定不正常，因为正常的都是两个，并且都位于阴囊内，如果你只有一个，建议到医院就诊检查，确定是不是真的一个，有没有隐睾的情况，如果有，以你现在的年龄，建议手术切除以免发生病变。"

这句话在曹峰脑海里时不时出现，更时不时让他郁郁寡欢。可是他太骄傲了，他离开医务室，没有把这个情况告诉父亲。

他屙屎屙尿时也会观察一下自己的要害部位，既不疼痛，也不瘙痒，一切正常。就在那次被对方撞到、一群人围上来要慰问他时，他发现自己一点都不疼——没有想象中那么剧烈要人命的撕心裂肺，他甚至有点窃喜。

十多年来，曹峰很少去医院。没有必要他就不会去医院，他害怕医生提醒他这件事。

哪怕曹峰觉得自己的咳嗽已经很严重了，也只是随便在网上买一些止咳药应急。他哪里想到，他吃的那些药根本无法抵御利多卡因对他咽喉的伤害。

最后，他咽喉的异物感越发明显，他在床上咳成一团棉花，或许就是一口突如其来的浓痰抑制住了他的呼吸……

45

再次审完珍妮，夜色已深。考虑到答应领导要尽快破案，刘涛不得不加紧侦破和审讯。他回到自己办公室，顾湘捧了一杯热茶过来，热茶下面还有一包坚果。她原本不应该出现在这里，但此时此刻，刘涛的确需要人陪伴和照顾。

刘涛扭头看见顾湘，就转过那张"超级椅子"，让顾湘坐对面沙发上。

"累吗？"

顾湘微微一笑，毕竟年轻，体力精力都够得上。

"你为什么要做警察？"刘涛问顾湘。

"因为我爸爸，他也是警察。"顾湘说，"你知道的。"

刘涛想到顾湘已经去世的爸爸，骂了自己一句，果然是心乱了，明知故问，去伤害人家，真是糊涂，但现在就结束这个话题也显得此地无银。

"我以为你会说，'抓坏人'。"刘涛给自己的尴尬境地找到了一个合理出口。

"那抓坏人当然就是做警察的目的之一嘛。但是师父，你不是经常跟我说，'这个世界上坏人少，坏事多'嘛？"

"做了坏事才成为坏人嘛，谁都不是生下来就是坏人。只是，总要有人为坏事情负责。对了，那你现在对这个案件怎么看？"

"咱们休息一会儿？师父你先喝口热茶，喝完再聊。"顾湘不高兴刘涛完全没有在意自己精心准备的茶点，不过她还是要回答刘涛的问题。

"不好意思，我现在需要别人的视角进行补充。确实有点上头，我好像接近了真相，好像又没有。"刘涛终于端起茶杯。

"那你问得更直接一点，师父，你是不是觉得自己要抓同学，然后又觉得同学不是坏人？"

刘涛沉默，对他来说，这个问题没有回答的必要，至少在这个时候还没有必要。"你觉得曹峰是谁杀的?""如果是陆少华杀的,那么陆少华又是谁杀的?"不等顾湘回答第一个问题,刘涛已经问出了第二个问题,"我不觉得范军是凶手,我的感觉,这次完全不能找到感觉,我想来想去,觉得不是范军。"

"一定是跟曹峰有关的人。"顾湘说。

"对,没错,一定是跟曹峰有关的人。你能不说废话吗?"

不是激情杀人,因此顾湘说的确是一句百分百的废话,但刘涛的烦躁情绪也展现出来。顾湘察觉到这一点,她看了会儿刘涛的表情,决定还是说点什么,"你的同学,你们一起打球的五个人,现在死了两个,一个还要坐牢,师父你会不会……?"

"别说了。"刘涛阻止了顾湘,"有些话不用说得这么明白的。"

刘涛知道顾湘要说什么,"师父,你现在是不是很难过?"但顾湘的主题比刘涛想象得还要深刻一些,"所以你跟你老婆,也是这么不把话都说明白的?"顾湘这个反问非常有力,以至于击中了刘涛的神经。

"是。"刘涛像是赌气一般,飞快给出肯定的回答。

"何必要闹成那样呢?还影响你的工作状态。"

在刘涛眼里,顾湘还是个小孩子。小孩子怎么会懂得婚姻的事，婚姻里，两个人的关系是如此没有缝隙，一旦无法共振，那一方迟早就会"拖累"另一方。

在警校读书时刘涛做过一个测验，关于人格。他得到的答案是，自己属于逃避型人格。得到这个答案之后的刘涛在之后人生里，在很多选择上，他都选择逃避大法。

"我是逃避型人格，既然如此，那就继续逃避。"反正跟老婆的仗三天两头结束不了。搁置争议，共同拖延，如果对方也肯的话。

顾湘见刘涛不回应自己的问题，想可能也不好回答，但她脑子转得还比较快，"师父，我想问你，你知不知道范军和他老婆的关系如何？"

刘涛一脸狐疑看着顾湘。顾湘从一对夫妻的关系，问到了另外一对夫妻的关系。

"大家都是同学啊，感情应该没问题。"

"别是应该啊。像这样的关系，如果'没问题'，反而是问题所在，师父你说呢？"

刘涛又一次发现顾湘是个聪明的女孩。对，为什么暗涌之下，范军和他老婆燕敏还能维持这么长久和平的不崩裂的关系？仅仅靠着隐瞒，未必能做到这一点。一定还有别的意想不到的东西在那里。

"师父，这是一个突破点。另外我想到，你们康桥不是拆迁大区吗？大家不都拆迁了嘛，不都分到好几套房产了吗？——除了师父你，我知道你老家还没有拆迁，那么，有没有可能，范军杀曹峰，是为了让范小毛继承遗产？去继承曹峰家的遗产？"

刚想夸顾湘的刘涛马上泄气了，他朝着顾湘的思路短暂推演了一下，不通顺。"至少在康桥，在我们本地人心里，争夺遗产不至于杀人。哪有什么值得杀死一个人那么大的遗产？既然大家都拆迁了，那就没啥贫富差距不是吗？据我所知，我们那里但凡不幸发生凶杀案，杀人一般不是为了钱，一般都是因为仇恨，持久的、激烈的仇恨。"刘涛说。

"那离婚呢？冷战呢？这些都是为了什么？"

刘涛知道顾湘话里有话，但刘涛还没有做好准备，为什么要对这个不懂事的小姑娘敞开心扉呢？

"你会接受别人对你好吗？"

他知道打牌时为了不展示内心的狂喜或者内心的紧张和不安，很多人会让自己"面无表情"。所以，刘涛现在"面无表情"，恐怕也是为了掩饰内心的什么波动。

他的波动之一，是顾湘的的确确给他提供了一个新的可能性。他找到了一把新的钥匙，他决定试试看这把钥匙是不是管用，能不能开门？

第五章

SHOW CARD·摊牌

46

根据珍妮的供述,结合从顾湘那边得到的启发,刘涛表面上带着几个同事去陆少华家里作了最后的证据保全和勘查。陆少华的案子确实八九不离十了,而曹峰的案子,刘涛心里也有了底。

从陆少华家里出来,他给范奇打了个电话,说想找他兄弟俩聚聚。但刘涛知道,这个工作日范军是要上班的。

"我哥在上班啊。"范奇说,就像刘涛预想的那样。自从两个同学先后离世,范奇对同学小聚这种项目也不会产生浓厚兴趣。

"那我先来接你。"刘涛坚持。

"啊,我们去哪?"

刘涛挂了电话,二十分钟后"强行"接上了范奇,他说没想好去哪。他把车开着开着,开到了范军楼下。然后范奇就明白了。

"小奇,现在谁在带小毛?"刘涛问。

"我伯伯呗,还能有谁?"

"那你伯伯知道吗?"刘涛问。

"知道什么?"范奇很奇怪刘涛的这个问题。

"我想去看看小毛,你觉得合适吗?"

"这有啥不合适的。停车,我给伯伯打个电话,他应该在家。"范奇说完,又问了一句刘涛,"阿涛,你是不是知道了些什么?"

刘涛跟着范奇进了范军家大门,小毛就在客厅里坐在沙发上,他面前有一摊红红绿绿的玩具,乱成一座小山,但他的视线盯着电视机。电视机里正在放动画片,尽管自己还没有小孩,但刘涛知道,那部动画片的名字是《小猪佩奇》。

看见范奇进来,小毛就喊了一声"叔叔",然后他发现了刘涛的存在。

"小毛，来。"范奇招呼道。

小毛从沙发上站起来，小跑着来到范奇和刘涛面前。

"刘叔叔好。"

"你认识我？"刘涛惊讶小毛的记性不错。

小毛好像有点长开了。此刻刘涛不确定小毛是更像燕敏还是更像曹峰，总之跟范军是不太像的。从上到下打量着小毛的刘涛突然发现，小毛手里还捏着两张扑克牌。

他就问小毛："你会打牌吗？"

"会。"小毛兴高采烈地回答，然后他把两张牌塞到了刘涛手里。

刘涛说："那我跟你打会儿牌吧。"

小毛已经知道牌的大小，看得出来，范军平时确实在教他一些关于纸牌的知识。

范奇和他伯伯看了一会儿刘涛跟小毛玩牌，后来也觉得乏味了，两个人到门外抽烟去。这个时候刘涛迅速观察好了几个位置，安装了监听设备。

就像顾湘说的，现在，他们最需要的是找到范军和利多卡因的关联——如果侦查方向没错的话。

"师父，你快点来。"顾湘呼唤刘涛，"调试完毕。"

回到办公室，刘涛习惯性陷入了他的超级椅子，现在他能一边躺着休息一边听监听。通过监听，他能想象那些画面，仿佛小毛就在他眼前——隔着几万米——继续玩着几张扑克牌。几个小时前，刘涛故意输给小毛几把牌，这让小毛对扑克牌的兴趣大增。

过了会儿，当顾湘走到刘涛面前，他忽然问顾湘："你会杀害孩子的父亲吗？"

"你在说什么啊，师父，我都没结婚，哪来的孩子？"顾湘并不习惯娇嗔，也不会娇嗔，所以此时的顾湘显得有些摸不着头脑。

"我是说如果。"

"当然不会啊。除非……"顾湘准备回答满分，"除非这个孩子是意外的，比如说是被强奸的产物。"顾湘准备确保满分，因此又补了一句，"那都未必。可能也不忍心。"

顾湘的回答有点过于完美，这不是刘涛要的答案。刘涛想的是另外一个问题，他已经嘱咐张恒，他只要等张恒一个结果。

47

"我知道他俩的关系了，曹峰这王八蛋又伙同一个女人骗我。"范军心想，"那个女人肯定是个'弹簧手'（注：

发牌员在发牌时的一种作弊行为）。"

那把牌曹峰就只有一个 OUT，一个出路，百分之二的机会。为什么能发出这张唯二的 Q？而且是在河牌？范军觉得这当中不仅仅是运气，因为上周也是这样，区别是那一次曹峰在河牌有三个 OUTS。"为什么曹峰总是能合着一个女人来骗我？一次还不够？每次都要这样吗？一辈子要这样吗？"

珍妮在范军眼里，起初是一个很不错的棋子——一度他认为这个女孩的出现可以解决相当一部分他的问题。范军坚信如若不是珍妮的出现，他自己还得隐忍很久。真好，这个珍妮是曹峰喜欢的。但为什么会这样？

范军表面上异常冷静。按理在输掉这么倒霉的一手牌之后，大呼小叫的抱怨是不可避免的。他这次输光了所有筹码，但他一言不发，重新找师娘领取了一手新的筹码。

"哥，这是德州扑克的系统性波动。bad beat，运气不好，但挺正常的。别黑着脸了。"范奇说道。

范军确实黑着脸，尽管他一直黑着脸。他努力让自己进入到微笑状态，同时扬了扬眉毛。

而曹峰用右手手掌轻轻拍了两下老朱的 POKER STAR 德扑桌，说："不好意思，不好意思。"

珍妮把桌上所有的筹码都推向曹峰，并且对曹峰使了一个眼色。这个眼色本意是情人之间的默契，但范军无意看到这个眼色之后,得到了另外的答案。

那天范军是追着吹着口哨的曹峰进的厕所,不过陆少华恰好也出现在厕所里。朱老师家的厕所很独特,两个马桶并排放在一起,这的确方便了这些同学。门是虚掩着的,范军没着急推开。他听到陆少华对着曹峰打了一个"嘿"的招呼,然后陆少华说:"真的,再借点钱给我。我这次真有急用。"

曹峰原本心情是不错的,陆少华的打扰让他显得不耐烦,说:"没完了吗?"

"这次是我儿子要读书。小芬催了我好几次,我不能说我在网上赌博啊!你又没儿子要养。"陆少华的口吻略显轻佻。

"我怎么没儿子?"曹峰急了。

"我说的是你不需要养儿子。"向来风度翩翩的陆少华难得露出恶毒的模样,他也有点急了。

"操你妈。"曹峰心里大骂道,却没有骂出声。他没有搭理陆少华,心想回头有事微信再回复那条陆少华的借款信息,今天他要保持好心情。

而门外排队等待的范军也跟着曹峰在心里骂了一句,但也没有骂出声。

当前面两个男人依次从厕所回来,牌局马上又要开始了。

随后范军来到洗手间洗了一把冷水脸,他照了照镜子,又对自己说:"阿军,冷静了吗?"

洗手间斜对面就是德扑桌,只要范军回头,牌局就会展现在他面前。但如果他不回头,从另一个角度——镜子的反射,也能看见牌桌。只不过一切都是镜像的。

范军确实回头了,因为他要重新加入牌局。

珍妮出现之后,曹峰变得开朗起来,不是说曹峰之前不是一个开朗的人,只是大家都知道曹峰确实进入了恋爱状态。恋爱的人的确是有一种标签一般的气质。实际情况比大家想象得复杂一些,曹峰是从一种特别的恋爱状态,来到了一个没那么特别的恋爱状态。如果说和燕敏的"恋爱",他需要维持感情和道德伦理上的平衡——既需要恋爱,也需要保密。那么,和珍妮在一起,这种平衡他都不需要花力气去维持。他需要做的,就是在珍妮出现没多久后和燕敏及时开诚布公——他终于等到了这个机会——表明自己的态度。

"一切都会结束的。也许这个时候结束正好。我们不能再这么下去了,迟早会出事。你也不希望我们,我们大家都出事,对吧?"

燕敏眼泪都流出来了,左眼两滴,右眼一行。她很不舍得,但无可奈何。她只能抓住最后的机会,投入曹峰怀抱。

曹峰的怀抱没有以前那么温暖，甚至有点僵硬了，燕敏也有感觉，这是属于他俩的最后一次拥抱。

燕敏最近看着儿子，总是恍惚、出神。以前还不觉得他俩像父亲和儿子，但是这两人越长越像，比如说鼻子，以前儿子的鼻子是偏宽的，但是这几个月，这鼻子就像是做了手术一样，越来越窄了，俊俏了，越来越像曹峰的鼻子。这是幻觉吗？燕敏常常怀疑自己是不是得了精神方面的病。她还很担心，如果这样下去，将来小毛变成小曹峰，这样可如何是好？怎么跟范军解释，怎么跟范军交代？

肤色问题还好解释，随妈妈；可是五官，这解释不通，既不是随妈妈，也不是随爸爸，随叔叔。解释不通。

但这难道不是燕敏想要的结果吗？

燕敏有所不知，范军并不是不知道这一切，至少，范军以为自己是知道的。他只是选择隐忍，从中学开始，他就有了这方面的能耐。

他追到燕敏的那一天，甚至在这之前就知道，当曹峰问他是不是喜欢远处那个女同学时，他就知道燕敏是喜欢曹峰的。这是男人的直觉，也是爱的敏感。可是没办法，他喜欢燕敏，喜欢燕敏的笑，喜欢燕敏身上的味道——他闻过，便难以忘记。他喜欢燕敏出现在他身边，眼前。能看到燕敏，还有什么不满足？何况燕敏还给自己做饭、陪自己睡觉，他可以看到燕敏的身体，可以在燕敏生病时照顾她，看她可怜的样子，作为最该照顾燕敏的人，范军甚至觉得这很骄傲。

恋爱的时候，他不敢多问。结婚的时候，他也都不问燕敏是不是爱他。他怕那个问题燕敏不好回答。就一起过日子吧。婚礼很热闹，所有人都来了，包括曹峰。如果他问了那个问题，燕敏怎么回答才好？燕敏会很为难，他不希望燕敏为难。

至于孩子，他希望孩子是自己的。但假如，假如孩子不是自己的，那怎么办呢？至少孩子是燕敏的吧。只要是燕敏的就行，是燕敏的他就得爱和呵护，爱屋及乌这是一个男人的本分。

曹峰出殡那一天，原本小毛也是被要求去送一送的。小毛还小自己不懂，燕敏和范军知道这是礼节。

燕敏对小毛说："明天一起去送曹叔叔。"

但是燕敏心里说的是，"小毛，明天去送一送你爸爸。"当然，燕敏心里也是一酸。

小毛刚上小学一年级，脑子里还都是天真和单纯，还常常有点小脾气，以及问题。

"为什么呀？"他问。他问的是，为什么他也要去？

范军没有回答儿子的问题，燕敏从沙发上站起来，走到房间里，没人知道她这个时候去房间是干什么。

而范军在沙发上闭上了眼睛。

曹峰死了，一切都会改变吗？他了解燕敏，了解曹峰，也了解自己。这些年来，他选择仿佛什么都不知道，是因为他选择拥有燕敏，不伤害燕敏，不让燕敏为难，也不让自己和曹峰陷入一种无法做朋友的尴尬。

现在，曹峰走了，知道这个秘密的人，又少了一个。

但是范军并不高兴，他表现得很平静，没有因为老同学、老朋友的去世悲伤难受，也没有因为一个给自己戴绿帽的人永远的离开感到解气和解脱。他从沙发上站起来走到阳台，这当中越过了自己的儿子范小毛。

48

而以前范军的一天是怎么度过的？他通常很早就醒来，不是四点半就是五点，去家边上吃热气羊肉，顺便可能喝点酒，取决于当天是否需要开车上班。热气羊肉在康桥一带是非常出名的，味美价廉，营养丰富，老少咸宜，如果六点以后去吃通常需要排队，甚至店家——一个叫做"长脚"的外地男人会告诉你，没有羊肉了。但范军有早起的优势，他总能吃到热气羊肉，而且往往是一头羊身上最可口的那一部分。

吃饱喝足之后的范军可能会骑车去附近公园逛一逛，取决于当天天气是否凉爽或者温暖，太热或太冷都会让他取消这个行程。公园里，他喜欢看植物，也喜欢看湖水，一看可能就会是半个小时。不会有人打扰他，因为这个时他连手机都不会带。燕敏也知道这时候他在公园里，只有一次，燕敏跑到这里找到了范军，那是小毛发烧需要范军开车送儿子去医院。

七点前他会回家，给家人带早饭，把早饭分开摆放在餐桌上之后，他就拿着手机去上班。说是上班，其实到了公司里，他觉得跟在公园里区别不大，就是座位更舒服一些。作为这家国企十几年工龄的老员工，他已经过了往上攀升的年纪——在这家国企里，或者在大多数国企里，一个萝卜一个坑，比范军他大半级的领导只要不死不升，他断没有机会上升半级。作为科级干部的范军，工作已经驾轻就熟，在单位那一片他熟悉的领域里也是独当一面，总之他只要准时出现，在业务上作出像是有肌肉记忆一般的合理判断，就没什么难度，没什么挑战，没什么值得思考和烦恼的事。

外人看来，范军真的没有值得思考和烦恼的事。他工作稳定，家庭幸福，额外因为老家拆迁多了三套大小不一总价值上千万的房子，如果不是股票偶有震荡，也许外人会觉得范军根本不知道什么是烦恼。

范军也按照外人对他的判断表现着自己的状态，隔几年换一辆车，或者添一块新表。对同事和朋友，包括邻居，他笑脸相迎，已成为习惯。

并没有人知道，范军每天去公园坐着，是在想什么。他有时候会扇自己几个耳刮子，有时候还攥紧拳头捶一棵离他最近的树。随后他会安抚自己，但一时半会儿也不起作用，那时他就需要在公园里待更久，以至于因此上班迟到过几次。

他回想起和燕敏结婚的那一天，那一天他穿着白衬衫，还被燕敏说叨："你人那么黑，不该穿白衬衫，这样显得你更黑了。"

"黑就黑吧，你喜欢就好了。"范军说。虽然他知道，燕敏并不是喜欢他的肤色才跟他在一起，走入婚姻。他甚至还知道，燕敏并不是因为喜欢他，才跟他在一起。

燕敏烫了一个波浪头，头发染成浅黄色，一个朝气蓬勃的年轻女性。她和丈夫站在婚姻登记处拍照，两个人确实都笑了，只是笑得有些僵硬。但婚姻登记处的人并不管这些，拍摄婚纱照的摄影师才会对两位新人的表情提出建议。

很快拿到了结婚照，红底的。

"你看你，黑不黑？我就说穿白衬衫会显得你更黑吧。"燕敏说。

而范军并不在意，他把结婚照连同结婚证来回看了很久。这是他梦想中的一天，他实现了自己的梦想，和梦中的爱人结婚了，法律认可了他们的关系。

过几天就是他们大摆宴席的日子。在康桥，宴席要摆两天。第一天是亲朋好友吃晚饭，自然，最要好的那几个同学都在受邀之列。而且他们主张，原本要放在第二天正日晚上的节目，要在当晚就完成。

"闹洞房。"范奇说，"我们要闹洞房。"

范军和燕敏的婚房是新装修过的，像是皇宫的一部分。这是这栋别墅里范军一家人最在意的房间了。所有的好东西、好家具以及最亮眼的灯光都在里面。

十几个男孩女孩堵在门口，四五个同学则围在床榻边上。范军和燕敏站在他们的婚床上。

"你们要怎么闹吗？"范军嬉皮笑脸地说。

在康桥，闹洞房就只闹新郎新娘，且并不那么恶俗，只是让新郎新娘表演一起吃苹果、一起吃香蕉以及让新娘从新郎裤管里找到亲友们埋伏好的好几个鸡蛋，并要求新娘把这些鸡蛋从新郎的另一个裤管里掏出来。这个游戏是最有难度也最带气氛的，尤其是新娘把鸡蛋慢慢转移，经过新郎那个重要位置时，引得满堂喝彩声，这喝彩当然不仅仅是喜悦，更多是起哄，看热闹。

一台最新佳能D50相机当时就在曹峰手里。原本这群人的摄影师是燕敏，但燕敏无法自拍，所以这个任务就交给了相对比较熟悉摄影的曹峰。

"你拍呀，快拍。"范奇提醒曹峰不要错过这些美好的时刻。

这是曹峰美好的时刻吗？不是的。这是曹峰最为尴尬的时刻。如果可以，他并不想参与闹洞房这个活动，如果可以，他不想出现在此时此刻。他的"情人"和他的同学，他们正在为众人表演一些成人游戏。他并不想旁观，但相机就在他手里，他举起了相机，用相机遮挡住了自己的视线，也遮挡住了其他人发现他是闭着眼睛的这个真相。

他闭着眼睛按了几下快门。

"拍了吗，拍了吗？让我看看？"范奇很乐意哥哥出洋相，此时此刻，这洋相是必须出的。

和曹峰一样，范军也是闭着眼睛的。只是范军闭着眼睛时他黑色脸庞上浮现着的是一种幸福、得意却又必须装出一些尴尬的笑容。他躺在床上，而燕敏则在他身下转移着那好几个生鸡蛋。

"可别弄破了呀。"有人提醒新娘注意手上的力量。万一破了，这些蛋液可是要把新郎的下半身包装一遍了。

那时候大家的情绪都上来了，加上之前喝了不少酒，各种吆喝一遍又一遍。

燕敏回过头来好几次，她看到了曹峰，然后又别过头去。她有一种奇妙的感觉，"一个男人在看我和另一个男人嬉戏。"她也喝了不少酒，此刻正在享受游戏的乐趣，全然不顾其他人的感受了。

曹峰心情酸涩，但心里酸涩的不光是曹峰一人，还有陆少华。只不过经过这么多年，陆少华应该说已经放下了对燕敏的爱慕。他已经接受这个女孩要嫁给他们的篮球队长。他的酸涩更多的来自于他发现了曹峰的不对劲，而聪明的他甚至猜到了曹峰和燕敏之间，似乎在这些年里，有着非普通同学那样的交往和情感。

他故意挤到曹峰边上，对曹峰说："要不要我帮忙拍几张？"

相比曹峰，陆少华是对摄影更了解的那个人。中学时，刘涛喜欢和陆少华讨论宇宙，但和陆少华讨论摄影的人，是范军。显然讨论摄影是更具体的，陆少华发现范军也对影像感兴趣之后就开始交流摄影。那时候拍照用的都是胶片，印刷一张照片的价格不菲，好在这两个人家里条件都不错，允许他们拥有这个爱好。陆少华有所不知，范军是知道燕敏喜欢摄影才开始研究的。

相比曹峰拍的，陆少华选的角度可就刁钻多了。他一会儿站到床头，拍摄范军的脸部表情，来了好几个特写；一会儿又蹲到床下，自下而上拍摄燕敏完成游戏的过程。

陆少华个子高，蹲下来就费劲，蹲久了，也许因为是喝了酒的关系，他不小心往后一靠，靠了个空气，四脚朝天摔了一跤。他还以为他身后那个人依然用膝盖顶着他的背部能足够让他维持平衡呢。

那个人是曹峰，但曹峰忽然不见了，这才让陆少华摔了一跤。

没有了拍摄任务的曹峰往阳台走去，他想去外面歇会儿，吸几口新鲜空气，也吸几口烟。

陆少华发现曹峰离开了房间，然后他像是二传手一样，把相机交给刘涛，"你也拍拍。"

刘涛接过相机，但他拍的不再是新郎新娘了，他拍摄了房间里的每一个角落，把在场的人能拍的都拍了进去。

"你怎么不拍他们呀？"范奇被拍了，还有点不知所措。

"我要拍大家，把大家的表现都留存下来。反正用它拍照又不要胶卷。"刘涛说。

刘涛不愧是警察，虽然当时他刚刚考上警校。彼时彼刻他还是唯一一个拥有学生身份的人，其他几个同学都是读了中专刚刚毕业，只有他刚读大学。

中专刚毕业就着急结婚，就是因为燕敏和范军"未婚先孕"。他们"奉子成婚"，在男同学里，只有曹峰和范军知道这个秘密，虽然很快大家都知道了这个"秘密"。

陆少华也来到阳台上，他看着忧郁的曹峰，过来拍了拍他的肩膀。这么多年过去了，他们俩之间已经没有因为燕敏而存在的嫌隙。在球场上，尤其经历了一同训练，一起打决赛，彼此早已情同兄弟。

但兄弟也不是时时刻刻同心的。"你怎么了？"陆少华问曹峰。

"啊，没什么，我来看看天，看会儿月亮。"

曹峰抬头，他想起《大话西游》里的片段。至尊宝叫牛夫人"小甜甜"，他也这么叫过燕敏，虽然这闹得两个人都相当尴尬。

猜出内因的陆少华对着曹峰笑了，虽然他也不是胜利者，但他露出的笑容却像是一个胜利者的样子，"嫁就嫁了，反正还能在一块。"

不知道是酒喝多了，还是故意的试探，陆少华说得特别直白。

但曹峰知道不接这个话是更理智的选择。

曹峰和燕敏当然是在一块。但不经常，得找机会。有情人终成眷属，有情人也终究能找到时间和机会。他们得背着范军，背着所有人。他们都知道他们不该"在一块"，彼此却又忍不住。那种忍不住是非常美妙的，甚至可以成为刺激的一部分。

对曹峰来说，这的确是不小的挑战。他不敢想如果这些事被同学们知道，被范军知道，结果会怎样？对燕敏来说，这是无法抗拒的诱惑。她想过，如果被发现了，她就要和曹峰正式在一起，哪怕离开康桥，二人一起私奔。这种念想，也成为了刺激的一部分。"天涯海角都可以，如果你要我的话。"燕敏趴在曹峰的胸口，抬着头对曹峰说。

但是曹峰不敢要，他要不起。他无法承受那个名声，又对燕敏的身体着迷，于是他只能咧开嘴笑一笑。不能肯定，也无法否定。他抚摸着不属于自己的女人的身体，白皙、柔软、修长，且是别人的，每一点都让他兴奋。在酒店床上，他们像是连体婴儿一般，能互相搂在一起一小时以上。但也只有这么长时间了，再久就不好找理由。

"刚刚是不是我射在里面了？"

曹峰像是发现了自己的错误一样，忽然问燕敏。

"射没射你自己不知道？"

"不知道才问你呀。快，看看，到底有没有弄在里面？"

这燕敏是知道的，她默许曹峰这么做，只是很意外曹峰竟然不自知。

"是的吧。怎么了？"

"你会吃药吗？"

燕敏心里回答，我不吃，"要是有了就生下来呗。"

"生下来？姓范还是姓曹？"曹峰慌张起来，表面只能油嘴滑舌。

"黑的就姓范,白的就姓曹,行不行?"燕敏说得轻松,接住了笑话。

曹峰这时候知道燕敏是在逗他。他以为燕敏是在逗她,于是抿嘴一笑,说:"好。"

但众人皆知,范小毛是白的,却姓范。

49

范军是在早上的公园里想好了如何摆脱这些年折磨他的这件事。

这件事怎么说呢,与其说是这件事折磨他,不如说是他自找折磨。他原本可以跟燕敏摊牌,给大家一个痛快,放三个人乃至四个人一条生路。不过他不舍得,起初是不舍得,后来是不甘心,最后是什么,连范军自己都搞不清楚。他搞了很久,都没有搞清楚这件事应该如何收尾。他走不了,他只能待在原地,待在这新造的种满了大面积绿植的公园里。

燕敏也走不了。他怎么能让燕敏走呢?小毛,他也许该走,但只要燕敏不走,小毛也走不了的。小毛应该去他爸爸那里,但他可能更希望待在妈妈这里。

唯一的可能是——让曹峰走。

这是范军最疯狂的念头。

让曹峰走哪儿去？这个曹峰，原本家住在离范军五公里外的地方，这次换了新房，这倒好，走路就能到范军家楼下。不过他很识趣，并没有经常过来串门。按他俩的交情，他们是需要互相串串门的。按他俩的交情，他们可以穿一条裤子，甚至可以睡同一个女人。他们做到了，互相都知道，一方以为另一方不知道，一方装作不知道。装作不知道的这一方看上去比较大方，实则痛苦。痛苦有时需要隐忍，有时需要喊叫，或者捶打树木，聊以抒发——作为成年人应该这样处理痛苦。但成年人还有更多办法。

其实曹峰也痛苦，他痛苦得常常失眠。对于曹峰而言，如果没有这件事他可能失眠时更痛苦。

在珍妮出现之前，范军并不是恨曹峰，只是觉得曹峰应该离开。他需要给曹峰一个机会离开自己的生活。而在他误以为珍妮和曹峰联手在"搞"他时，恨意就浮现了。

一次打牌时，曹峰说："如果我收下这个池，今晚就不用吃安眠药了。"

陆少华说："你收不收这个池，你都要吃。那个药不能断。"

范奇听完纳闷，"怎么，陆少华你给曹峰当私人医生了？"

"不是，我只是去澳洲时帮他带了一种安眠药。"

"安眠药，不就是睡不着时再吃吗？哪需要天天吃？"

"不是那种安眠药，是一种新的治疗大脑分泌褪黑素的药，会促进大脑分泌褪黑素。"陆少华解释。

"医学新科技。"曹峰补充，"少华介绍的。"

听完这些，范军才知道曹峰是失眠成疾的，也知道了曹峰每天都需要服药。

"那药长什么样？"范奇问，他帮哥哥问了一个哥哥想知道答案的问题。

不少人想要这个药，现代人的失眠是个流行病，睡眠普遍不好，各个心怀鬼胎似的。大家都伸出脑袋看看仙丹的模样，实际就是普通模样而已。

"你干了啥事睡不踏实啊？"师娘开玩笑似的问曹峰。曹峰原本想故作轻松说一句，"偷人呗。"但他没有这么光明正大地臭不要脸。主要是他心虚，偷人就是做贼，做贼就会心虚。况且，他偷的是同桌的人。

"偷人呗。"范军心里说了一句，此时此刻他脸很黑，要不是他本来就很黑，可能大家就会发现他正在发怒。

曹峰咳嗽着率先离开牌局的那一天，范军心里算着差不多到日子了。都几个礼拜了，怎么那个什么利多卡因还是没奏效呢？不过曹峰的咳嗽是一周比一周厉害，范军看在眼里。他总是希望这个周末大家组织牌局时突然联系不到曹峰了,微信不回、电话不接,因为曹峰已经肺部感染,"吃什么都呛",最后死在自己家床上。

范军在网上学习到关于利多卡因的知识。他在网上注册了好几个账号,在不需要实名认证的论坛里咨询这个东西哪里可以买?终于有人给他发了私信。

然后他花了一整个周末,绕了几十公里路搞到这玩意。为了掩饰什么,他还跟对方讨价还价。

"朋友,这个是处方药,不好弄。"

范军演了一下,说:"大哥,第一次就算了,那下次打个折呗。"

范军也做贼,第一次"做贼"的他需要跑到曹峰家里,把利多卡因放进陆少华带来的澳洲褪黑素胶囊里。

如果那天燕敏不约曹峰的话,兴许范军就没有这个机会。不然他怎么能肯定这个时间曹峰一定不在家呢?曹峰也是一个马大哈,把车钥匙和自己家大门钥匙大大方方丢在牌桌上,范军本以为那是他的机会。但后来范军家里装了密码锁,他觉得这是更安全的方式,他只要说服曹峰新家也安装他推荐的那个牌子的密码锁就行了。

"真的很方便,再也不用去找开锁匠了。"曹峰试用之后,体验非常好。

然而最后关头,范军看着那包粉末,他撤退了。就像瘾君子看见了类似的白色粉末一样,范军甚至开始颤抖。

他用力捶打自己的脑袋,然后摇了摇头。

直到他回到家告诉燕敏,自己做不到的时候,燕敏的眼神暴露出了一种绝望。

50

事实上在曹峰去世之后,范军不见得比之前"心里踏实"。在他眼里,他首先不认为这件事有那么不周全,全套戏他都做了,是"完美"的。只是他不曾料到的是燕敏的反应。百密一疏,他居然没有想到曹峰的"离开"对燕敏的打击会这么大——哪怕这件事发生之后,他断定就是燕敏继续了他原本的计划。

如果燕敏能控制住对曹峰的思念以及悔恨,范军可能不会那么容易发作。他愿意隐忍,包庇更不在话下。他困惑的是,燕敏既然做了这样一件疯狂的事,他也愿意全力配合燕敏善后,为什么燕敏还要这样,让他难堪,逼他崩溃?

这已经是这个月燕敏第五次去倪龙江边上了。清晨时分,范军跟着燕敏,这也是他的第五次。

只是这一次,他决心让燕敏知道自己的存在。不光是此时此刻,也包括任何时刻。

他走到燕敏身后,唤了燕敏一声。尽管声音并不大,还是把燕敏吓了一大跳。在燕敏的世界里,这时候叫她名字的人,应该是曹峰才对。而曹峰应该是从河里发出声音,叫她的名字。且这一声叫唤,能让燕敏整个人浑身酥软,彻底投降。

燕敏跪下来,跪下来向曹峰道歉。但这个声响却是从她身后传来的。

"你怎么在这?"燕敏回头,还来不及擦拭不知何时流出的眼泪,她就看见了自己的丈夫。

"你在这,我才在这的。"范军说的是实话。

天色才蒙蒙亮,这种情况下看着范军严肃的表情,燕敏露出惊恐的神色。

"大军。"她呼唤着爱人的小名。

但是她的"大军"很快冲了过来。还没等燕敏反应过来,范军的双手就直愣愣推向了她。

"大军。"燕敏大叫一声,她惊恐、疑惑、呼救,但这已经是她最后的挣扎了,随后她只能在河流里拼命求生。扑通一声,清晨的波浪,伴随着燕敏的呼喊声。

燕敏并不会游泳,这是范军知道的。家里从来没有办过游泳卡,燕敏甚至从未购置过任何一款泳衣。范军想象过燕敏穿上泳衣应该会很迷人,但燕敏再也不会有这个机会了。

燕敏还在呼救,但她身体沉得更快。倪龙江的水原本是清澈的,后来变得肮脏不堪,这些年经过政府整治又好了很多。但此时此刻这河水就和天色一样,依然是灰色的。天空的灰色是一览无余的灰,无边无际的灰,倪龙江的灰色却波澜四起,是有褶皱的灰。

比灰色更深的是黑色,就像范军的肤色。读书时,老朱根据范军肤色起了一个至今都被大家认可的绰号,"碳棒"。对,碳棒是黑的。碳棒的心也是黑色的,是最黑的那一个部分。

妻子坠入河里,而丈夫"碳棒"——范军,全然不顾正在呼救中的燕敏,反而从河边找到一根木棍,挥打着河面。他骂骂咧咧的样子像是个疯子,他终于像了一回疯子。

"狗男女,狗男女!要待一块,就让你们待一块去吧。狼心狗肺,狼心狗肺!你他妈的要我杀人,你他妈还逼我,你他妈的既然已经亲手结束这一切,结果还是忘不了这个男人。"

范军的情绪显然是崩溃了,这十多年来,他全部的隐忍功亏一篑。

确实是燕敏让范军动手的。当范军有了那么疯狂的念头之后,他一度很内疚、很自责——直到燕敏对他说:"大军,我没办法,我知道你爱我,但只要曹峰还在,无论他跟谁好着，我都做不到，做不到我的心不去他那里。"

"他已经跟那个发牌员好上了，你死心吧。"

怎么可能死心呢？燕敏的心非常地活。

她拿准了范军对她的痴迷。范军对她痴迷到什么程度，哪怕她用"孩子就是曹峰的"这种话气他，范军都会把她紧紧抱住，还哭。

所有人都说小毛不像范军，范军也不会再怀疑了——两年前他已经做了 DNA 亲子测试，这是他近些年来隐忍的秘方。

燕敏吃准曹峰的犹豫和爱冒险，只不过她没有想到，一个叫做珍妮的发牌员的到来改变了所有的一切。不能，燕敏接受不了曹峰决绝地离她而去，她告诉范军："除非你把曹峰弄死。"

"你不弄死他，那我就去弄死他。"燕敏咬牙切齿地说。她甚至希望，如果那个叫做珍妮的女人可以一起死是更好的。"我不知道怎么回事，我就是没办法。我也不想装，在你面前也不用装了。"燕敏对范军终于坦诚道。

"你想好了？确定吗？确定我就干。"

"嗯。"燕敏点头。

"我研究过，这个药很神奇，网上说这个药能让人的咽喉麻痹。"范军把网上搜到的信息给燕敏看。

"在水里加入利多卡因，或者让利多卡因包裹在胶囊上，服用数日之后，人的咽喉表面会形成薄膜，然后产生咽反射消失，吃什么都会呛。长时间会引起肺部感染，不采取措施能致死。"

燕敏看到这些信息，她觉得范军这是早有预谋，她甚至怀疑这些信息是范军搜索用来对付自己的。但她想了想之后，马上又否定了自己。

"曹峰不会去看医生的。"燕敏说。

"那这药是你放还是我放？"漆黑的房间里范军看着燕敏，燕敏也看着范军，两个人在一片黑色之中对视。

就像是一次赌博，两个人都已经下了全部身家，就在桌上。谁喊 CALL，谁就能赢走所有筹码。

燕敏打开了灯，看到桌上那一袋粉末，沉默了很久。

"就算为了我们，你好好想想。"范军坐起身，说。

"真的可以做到万无一失吗？你会有危险吗？"燕敏转头，视线从一袋白色粉末转移到一张黑色脸孔上。

"只要你说的，曹峰不去医院。只要他不去医院。但这个世界上也没有百分百的事情，难道不是吗？"

忽然远处，警车鸣响了警笛。这清澈的警笛声像是划开了一道巨大的光线，让范军整个人呆在原地。

警笛还在响着，刘涛打开警车门出来，小步跑到河边。从马路到河边是一片坡地，他越跑越快，根本不费力。

接近河边时，刘涛看到河流里还有人在挣扎，他完全不顾身边还有一个范军在，迅速地往河里一跃。

另外三名民警跟着刘涛也已经来到河边，他们带着手铐，冲向范军。

范军呜的一声，尽管没有声响出来，但他黝黑的脸已经皱成了一团。

监听手段让刘涛及时出现，也让刘涛挽救了燕敏的生命。

无论燕敏做了什么，刘涛必须做自己该做的那一份。

51

燕敏和曹峰的故事持续了十几年。

起初，燕敏很感谢大军的"宽宏大量"——这种隐秘的默契，燕敏是受用的。实际上，她在大军需要的任何时候，都给予大军面子，给予大军需求。她用尽全部力气给一个男人"美好的生活"，也用尽一切心思和另一个男人暗度陈仓。

她也憎恨曹峰的懦弱。但她知道，唯有曹峰的懦弱，才有她平静的生活。没得选择，从她跟范军在一起，而曹峰没有"横刀夺爱"开始，这一切仿佛就已经注定了今天的结局。

原本，假如这三个人都可以"老实"一点、"安分"一点，生活将会继续。直到珍妮出现，表面的平静终于被打破。

曹峰对燕敏说："我们不可能永远这么下去的。"谁说不可能呢？是范军说不可能还是燕敏说不可能？只有曹峰说了这句不可能。

燕敏没说话，抿着嘴，问曹峰："是不是又有别人了？"

曹峰也有过两次"别人"。第一次，曹峰和一个女网友闪电登记结婚，但女网友最后提钱走人。女网友消失了，曹峰还没有公开宣布自己的"喜讯"，女人就拉黑了他。

曹峰自己吞进了这个苦。他想，也许命运这么安排，他和燕敏暂时也断不了。于是，他就继续和燕敏保持了两年关系。他觉得这是"老天安排的"。

第二个"别人"出现时，曹峰觉得为难。他确实觉得对方不错，是可以长久走在一起的人，各方面，尤其是夫妻生活——说起夫妻生活，这是曹峰的一个心病。只有燕敏，给曹峰的一个睾丸起了名字，"弹丸"。这始终是他和燕敏的一个有趣的游戏。燕敏总是要去看他的"弹丸"，曹峰也只允许燕敏去自己的弹丸之地，只有燕敏去他才不会觉得尴尬。好在，第二次婚姻的那个女孩也喜欢"弹丸"。

于是曹峰和她在"连续二十天做爱"之后，径直去了民政局。

只是并不遂人愿，他们在婚后展现出了非常迥异的价值观，经常因为一些社会公共话题起争执——起初只是争执，后来则是互相蔑视。这可能是根本的问题，但真正的爆发点是，曹峰必须要开一个收音机睡觉，而那位姑娘会因此辗转反侧。把收音机关了吧，曹峰实在煎熬，轮到他自己辗转反侧。如果两个人都醒着，或许就要争论社会话题。

就这样，两个人再一次去民政局时都不好意思说一个"收音机"软件就是他们无法在一起生活的爆发原因。

还是燕敏好，和燕敏在一起不用过夜，夜晚的曹峰无比自由，收音机的音量可以任意调控，直到那些历史节目陪伴他一次又一次进入梦乡。

但是那天燕敏问了那个问题之后，曹峰没有正面回答。

"我总得有一个别人的。"他想说的是这个。而那个人正好已经出现了。

珍妮。

范军最后一次见到珍妮，是在陆少华家楼下，"你怎么在这？"范军问珍妮。

珍妮行色匆匆，但她也不能对范军熟视无睹，"巧啊。"珍妮说。

"是啊，真巧。"范军看了看珍妮，她额头上还有一些汗珠——严格地说，是汗珠留下的汗迹。

但是范军没有把这个线索告诉任何人。他觉得没有必要。

52

审讯室外，顾湘问刘涛："师父，你为什么这么肯定范军不是凶手？"

"还记得我问过你一个问题吗？"

"什么问题？"

"一个女人会不会杀害自己孩子的父亲？"

"所以你觉得，孩子可能不是曹峰的？"

"这个思路确实有点奇怪，但是我绕出来了。"

一张亲子鉴定的报告表被顾湘从桌上拿了起来。

"所以，燕敏骗曹峰，说小毛是曹峰的孩子，以此他们维系那样的关系？"

"不，我认为燕敏想骗所有人，包括范军。"受到顾湘启发，刘涛去查小毛的亲缘血缘关系，他不费力气地找到了范军和小毛的样本,最后的结果也确实跟他想的一样,小毛确实是范军的儿子。又是张恒帮了刘涛大忙。这让刘涛断定,燕敏是有可能因为某种情感的崩盘而谋杀曹峰——如果珍妮供述的一切都是真相的话。

随后刘涛走进审讯室,来到了燕敏面前。

"燕敏。"刘涛还是顾及了同学的情分,他没有呼唤嫌疑人的全名,按理这时候他需要这样做,"这到底是为什么?"

燕敏早已红了眼眶。

"对不起,阿涛。对不起!我也对不起范军,对不起曹峰。我对不起你们所有人。"

燕敏确实流出了悔恨的泪水,只是这些泪水对刘涛来说,更是五味杂陈。

53

在陆少华死的那一天、那一刻之前,他其实很想跟珍妮聊点别的,不是打牌,也不直接聊男女,这不合适。单纯就是想聊点别的。回头他看了珍妮一眼,发现珍妮点了一根烟。

"哎,你什么时候开始学抽烟的?"

"大学里。"珍妮右手夹着香烟,吸了一口,并制造了她和陆少华之间的一团烟雾。

"少抽点烟。"

"发牌的时候不抽。"珍妮道。

"对了,珍妮,你大学学的是什么?"

"哲学。想不到吧?"珍妮扬了扬眉毛。

"确实没想到。那么珍妮,你知道什么是有限,什么是无限吗?"陆少华听到哲学这两个字,来了一点兴致。

"我只知道德州扑克里,什么是有限下注,什么是无限下注。"珍妮故意王顾左右。

又绕回去了。"不,不是那个。就是单纯的有限、无限。比如,你觉得这个世界,或者说这个宇宙是有限的,还是无限的?"陆少华用当年刘涛问他的问题来问学哲学的珍妮,似乎非常合适。

"宇宙?"珍妮想了想,"重要吗?"

陆少华苦笑,好像是不重要。对成年人来说,这个问题丝毫不重要。成年人都知道人都是会死的,人的寿命是有限的,人的时间是有限的,人的财富是有限的。但人的感情,可能每个人不一样,有些人的感情是有限的,只能留给固定的人,固定数量的人,但有些人,就有无限的感情留给无限的人。

而有些人的生命不光有限,还会提前"有限"。

陆少华最喜欢的数学家欧拉说过,"宇宙的结构是最完善的而且是最明智的上帝的创造。"因此,所有发生的事,所有存在的人,都"合情合理",甚至"完美"。

欧拉还说过一句话,"如果在宇宙里没有某种极大的或极小的法则,那就根本不会发生任何事情。"

那什么是这些所谓的法则呢?

虾有壳,鱼有鳞,而我已经什么都没有了。失去了曹峰的珍妮冷冷地看着陆少华的背影,目光越来越让人恐惧。

在珍妮杀了陆少华之后的那个清晨,她去倪龙江"看望"曹峰。她还需要曹峰完成对她的"承诺"。可是沉入河底的男人无法言语,沉入河底的男人也无法行动。珍妮所做的事,几乎等同于让死人开口说话,说爱你,说我要保护你。

她知道这会是她的人生终点。只是在终点前,她想得到一份她理想中的感情。

没了。

在珍妮抵达目的地时,她看见了燕敏。

那是这两个女人的初次见面。

珍妮点燃了从陆少华那边"偷来"的香烟,站在燕敏的河对岸。

(全文完)

后记：写出那些有折痕的命运

小 饭

在写《打牌》前我写了《偷生》，讲的是一对年轻情侣在生活重压之下发生的故事。他们在彼此的人生低谷中相识相爱，互相体恤，也愿意为对方牺牲——是那种挺大的牺牲。写完《偷生》我意犹未尽，觉得小说中的主人公活下来了，每日与我朝夕相处，仿佛是他们对我说：你继续写下去，把我们的命运写下来。

于是我就开始写《打牌》：那个柔弱的女孩为了生活成为发牌员。我参加过一些国内大型的棋牌比赛，那些比赛里就有这样的发牌员，通常她们都是年轻女孩，一天要坐十几个小时在牌桌前，偶尔休息，非常辛苦。我也会在打牌之余观察她们：她们为棋牌运动员发牌——她们的手就可以决定打牌者的命运。我觉得这个意象有点意思，所以《打牌》在最早的备用名中就有"上帝之手"这个选项。

打牌这件事好像无法登上大雅之堂，但却是我们生活中最常见的娱乐休闲活动。棋牌运动群众基础非常广泛……我并非某项棋牌的推广大使，但确实喜欢打牌。在我的小镇康桥，这些年社会发展的红利也惠及了几乎所有人，大多数人不再为衣食发愁，周末朋友亲戚也会聚在一起玩牌，就像成都人整天都在打麻将一样，我认为这种现象是人民群众安居乐业的一种表现。唱歌跳舞，吃饭打牌，人跟人之间产生联系。打牌给人造成的情绪波动，是俗世幸福的源泉之一。

但也有走极端的。很多年轻人在棋牌博弈中得到了不劳而获的快感，并且再也回不去了。拆迁致富的人因为财富得来容易，不会珍惜生活的恩赐，还会迷失生活的方向。我确信类似的错误和病症都会伴随我们这一生，形成某种折痕。在大街上，如果你足够仔细，就能分辨哪些是赌徒，虽然赌徒一般不出现在白天。

在《打牌》中，我写到了这一群人。但他们却只是我的"掩护"——赌个小钱算什么呢？抓起来就是了。赌人生命运的人才经历真正的豪赌。把人生中所有重大抉择称之为"赌博"的人，我要写的是这些人。小说中的男主人公曹峰面对两份"感情"：和同学的妻子长期保持地下情，以及和新认识的女孩珍妮的"斯人若彩虹，遇上方知有"——这是两条互相交叉的线索。当他试图作出自己的选择——然而选择还没有作出已经让他丧命。只能说，所有游戏都有其规则，"感情"这件事更是如此。他的"赌运"不好，牌技更差——我更用力写的是两个女孩面对情感的不同反应，以及在"复仇"和"救赎"之中殊途同归。她们都下好了"赌注"：一个赌明天，一个赌现在。一个赌你会永远爱我，一个赌你会为我牺牲。结尾处，我写到两个女人隔着一条河，互相张望着对方——这样的说法非常尤·奈斯博。

说起尤·奈斯博，他是我这几年最喜欢的作家，给我最多阅读的快感和写作上的启示。简单地说，我觉得他很酷，不仅做金融，还玩乐队，干啥啥都行。他的"哈利·霍勒警探系列"于我而言就像一部生活大百科全书。他的作品（主要是指《雪人》《知更鸟》）虽然形式上会被看成是类型文学，但得到的评价是——"不只是犯罪小说，而且是最佳文学小说"。在作品中积极加入热点社会议题是尤·奈斯博的秘诀之一。而真正令他成功的,我认为是他对人的处境,包括精神处境的敏锐捕捉。没有什么彻头彻尾的好人,尤其是在文学作品里。

其实大家都不喜欢写好人。万一不小心写了一个好人,也得避免写他做好事——不完美的人格和不完美的生活,以及并不完美的属于我们个人或者全社会的历史,太多值得书写了。

我自认为这是一次现实主义创作,小说中写到的人物几乎每天都与我有联系,我甚至借用了他们的名字。曹峰、范军、范奇就是我的三位初中好友,他们并不介意我这么做。他们的宽容让我在写作这部小说时创造里面的人物毫不费力。

尽管如此,小说还是大改过两回。

作家那多组织了一个作家俱乐部,名为"暗黑会",每个月都会互相点评各自最新创作的作品,其宗旨是"批评和吐槽为主,赞美和肯定为辅"。去年八月《打牌》初稿完成,就此成为最新一期"批评和吐槽"的对象。经历了一番腥风血雨,我不得不对故事的诸多细节进行改动。这一次改动主要是关于医学常识和谋杀手段的。

另一次是《打牌》有幸被选中在鲁院高研班研讨,师友们对小说中人物的精神处境进行了一番交流和讨论。当然这又被我抓住机会，梳理修改了一下。

总之这两回"内部"研讨对我的帮助很大很重要，而且不是一时的，不只是关于《打牌》这部小说。我从2000年开始写作，到今天算来有二十多个年头，虽然当中经历了一次长达十年的创作中断。重新恢复写作是这两年的事，也是余下的大半辈子里我最重要的事。类似的讨论活动（以及这美妙的氛围）能让我为自己明确定位：你是一个写作者，你需要不停地学习写作这件事。

十六七年前我看过两本书，一本叫《沉默之子》，一本叫《伊甸园之门》，关于文学和写作，这是两本很不错的给人打气的书。当时我是前后一起看的，看得我彻夜难眠。现在那种劲儿回来了，我要重新成为一个拥有理想的幸福的人。

2023年10月于上海

图书在版编目（CIP）数据

打牌 / 小饭著. -- 上海：上海文艺出版社,2024.1（2024.8重印）
ISBN 978-7-5321-8931-1

Ⅰ.①打… Ⅱ.①小… Ⅲ.①长篇小说－中国－当代
Ⅳ.①I247.5
中国国家版本馆CIP数据核字(2024)第008018号

发 行 人：毕　胜
策　　划：李伟长
责任编辑：李　霞
封面设计：观止堂·未氓

书　　名：打　牌
作　　者：小　饭
出　　版：上海世纪出版集团　　上海文艺出版社
地　　址：上海市闵行区号景路159弄A座2楼 201101
发　　行：上海文艺出版社发行中心
　　　　　上海市闵行区号景路159弄A座2楼206室　201101 www.ewen.co
印　　刷：上海盛通时代印刷有限公司
开　　本：850×1092　1/32
印　　张：9.75
插　　页：5
字　　数：179,000
印　　次：2024年3月第1版 2024年8月第2次印刷
Ｉ Ｓ Ｂ Ｎ：978-7-5321-8931-1/I.7034
定　　价：65.00元
告 读 者：如发现本书有质量问题请与印刷厂质量科联系　T: 021-37910000